El Carácter y Yo

EL CARÁCTER

Y YO

MI OTRA CARA

LUIS ENRIQUE GUZMÁN

El autor hace uso de algunos textos bíblicos y frases de otros autores.

ISBN: 9781098508944

DEDICATORIA

A una de las personas que más quiero y he admirado en la vida, la cual forjó los primeros años de mi vida, inculcando carácter, principios y valores cristianos.

A mi madre.

María Cristina Guzmán de Flores

Y a quien es y será siempre mi amor eterno y princesa de un cuento infinito.

A mi hija.

Ariana Giselle Guzmán Soriano

Luis Enrique Guzmán

INDICE

Luis Enrique Guzmán

PRÓLOGO

La vida está llena de oportunidades; unas buenas, otras mejores, ¿te has preguntado alguna vez cuántas de ellas te habrás perdido por tu actitud para con los demás?, ¿alguna vez te has hecho la pregunta? ¿Por qué eres como eres con los demás? ¿Hay algún porqué de ello? ¿Si las personas que están a tu alrededor influyen en tu comportamiento?, ¿será que los factores internos y externos tienen algo que ver en esto?, ¿qué papel juega Dios en la vida de las personas con un mal carácter o una actitud prepotente? Hay muchas cosas en la vida sobre las cuales nadie tiene el control. No podemos escoger a nuestra familia y mucho menos a nuestros padres. No podemos decidir el lugar ni las circunstancias en las cuales queremos nacer, crecer y en el peor de los casos, cómo y de qué forma morir. No podemos seleccionar nuestros talentos o dones y menos nuestro coeficiente intelectual. Pero algo que sí podemos escoger es nuestro carácter. Y la realidad de todo es que nuestro carácter lo estamos creando o formando cada vez que hacemos una elección: evadir o confrontar una situación fácil o difícil, tomar dinero fácil o pagar el precio por adquirirlo. Y es inevitable que a medida que vivimos y tomamos decisiones, estamos formando nuestro carácter.

I

EL ORIGEN

Los seres humanos tenemos habilidades innatas, propias de nuestra naturaleza, y otras que se desarrollan a lo largo de nuestras vidas, entre las cuales podemos mencionar: cantar, escuchar, hablar en público, tocar algún instrumento musical, e incluso hacer reír a los demás, etc. Habilidades o talentos que son propios de cada quien y que nos caracterizan como tal, dándonos así un toque diferente y particular entre las demás personas a nuestro alrededor.

Pero en muchas ocasiones dejamos todo esto de lado cuando la suma de todos nuestros hábitos hace que aflore nuestro carácter y por ende revele nuestra verdadera identidad.

Podemos determinar a manera de introducción que el "carácter" es un estado de ánimo vinculado a las emociones, sentimientos, y en ocasiones estrechamente ligado con la manera en que fuimos criados por nuestros padres.

Lo lamentable de hoy en día es que la sociedad

está enfocada en la tecnología, en buscar la cura de alguna enfermedad, en saber si hay extraterrestres o algún acontecimiento de cualquier índole menos en nosotros mismos, sobre cómo progresar internamente y tener un mejor desarrollo personal, y de esta manera poseer la autoridad para alcanzar nuestras metas.

Por otra parte no podemos dejar de lado el excelente trabajo que hace la psicología que es *"una disciplina que tiene como objetivo analizar los procesos mentales y del comportamiento de los seres humanos y sus interacciones con el ambiente físico y social."*

También hay algunos grupos de auto ayuda de los cuales hablaremos un poco más adelante.

Es muy fácil decirle a una persona "ya no te enojes" "cuenta hasta diez" entre otras frases, y la respuesta más común que ellos manifiestan es: "sí, ya sé que no está bien, pero así soy yo y qué" y hay otras que van más allá y dicen: "no me digas nada, ya sé quién soy y las cosas que tengo que cambiar y no necesito que nadie me las diga"

¡Cuán equivocados estamos si pensamos así!

Hablando del mal carácter en particular, creo firmemente en mi corazón que para que una persona salga de este tipo de situación, hay pasos fundamentales o primordiales a seguir.

Número uno: es reconocer que estamos en un error y necesitamos ayuda de alguien, porque de otra manera, solos, no podremos salir de esa situación.

Numero dos: buscar ayuda con los profesionales de la salud mental, psicólogos o grupos de rehabilitación tales como neuróticos anónimos, que hoy en día hacen una gran labor social, atendiendo problemas como: ansiedad, angustia, depresión, ira, sentimientos de soledad y vacío, irritabilidad o temor, entre otros.

Como mencionábamos hace un momento, tenemos que reconocer que tenemos un problema y que estamos necesitados de una ayuda. De lo contrario nos quedaremos en un callejón sin salida. Por otra parte, aunque las personas que nos rodean tengan toda la buena intención de ayudarnos, todo el esfuerzo que ellos realicen será en vano si no ponemos de nuestra parte.

Quiero agregar también que este no es un libro mágico que lo va a leer y ¡listo! Como por arte de magia cuando lo termine su mal carácter habrá desaparecido. Desgraciadamente no sucede así. Hoy en día estamos acostumbrados a que las cosas sean rápidas o casi instantáneas, como es el caso de la tecnología, que con un mensajito de texto que usted mande desde su teléfono móvil o su computadora, en cuestión de segundos ya está al otro lado del mundo.

Lamento decirle que no será así de rápido, pero algo le puedo asegurar, mediante mis experiencias, usted se dará cuenta que esto requiere de una constante lucha diaria para cambiar patrones de conducta que tenemos bien arraigados en nosotros. Ah, claro, no le estoy diciendo con esto que se rinda, más bien le estoy dando a entender que usted haga la parte humana y posible, que Dios hará en usted lo imposible, y ya verá como Él se encargará de solucionar las cosas.

También me parece válido agregar que no tengo la capacidad de cambiar su manera de pensar o ver las cosas, pero puedo dar fe, que el único que cambia el corazón y la mente de las personas se llama "Cristo Jesús" por medio de su Espíritu Santo.

Ya que Dios nos manifiesta a través de su palabra que tiene un plan maravilloso para cada una de nuestras vidas, a través de su Espíritu Santo, que es quien controla a diario nuestras emociones, sentimientos y acciones, y dará la salida a cualquier problema que hoy estemos afrontando.

Al mal carácter solo le podemos hacer frente tratándolo desde la raíz.

Digo esto porque cuando queremos limpiar el jardín o las flores de las malas hierbas, no cortamos la mala hierba solamente por encima, sino que la arrancamos desde la raíz. De otra forma al igual que la mala hierba, el mal genio o mal carácter volverá a brotar si no se hace de esta manera. Y con la ayuda de Dios vamos a salir adelante y seremos parte de la solución y no del problema.

Entonces para ir entrando en materia veamos una definición del carácter: *Se entiende por carácter la personalidad o forma de ser del individuo en particular.* Esta es una definición corta dada por el diccionario; pero también el mal carácter tiene unos socios o aliados los cuales analizaremos en unos momentos. Mientras tanto veamos unas *etiquetas* y *sinónimos* que la sociedad misma ha puesto a las personas que padecen de este problema: agrio, amargo, áspero, brusco, salvaje, duro, terrible, pesado, irritante, ogro, pedrada, etc.

Sinónimos: altivez, altanería, arrogancia, vanidad, etc. Son quizás los más conocidos, pero en cada país habrá una forma diferente de identificarlo. Usted llámele como quiera, la verdad es que todos llegaremos a la misma conclusión: "mal carácter". Ahora surge la interrogante ¿le han puesto alguna etiqueta de estas a usted?, sino se lo han dicho alguna vez en su bello rostro será por educación, pero tal vez muchos tienen ese concepto de usted, si no es así y yo estoy hablando de más, discúlpeme y que bien por usted, esto nos indica que estamos por buen camino.

Examinemos algunos de los agentes o socios que acompañan al mal carácter, y si en alguno se ubica usted, solo tome nota y siga leyendo, no se sienta mal u ofendido, es bueno de vez en cuando hacernos un auto examen o inventario moral de la vida que llevamos, y así conocer cuál es el origen de las diversas situaciones en las que nos encontramos y quizá hallemos al causante de nuestros males y dolores de cabeza, ya que muchas de nuestras enfermedades son de origen psicosomático, es decir, creadas por nosotros mismos.

Hablemos entonces con un ejemplo sencillo de mal carácter para ir calentando los motores, ¿cuántos niños se acercan a usted para saludarlo o para jugar con usted en la iglesia o en su grupo social? Cualquiera diría eso es muy extremista, bueno delimitémoslo, o no seamos extremistas como dice usted.

¿En su casa sus hijos quieren jugar con usted? ¿Sus hijos le dicen qué les ocurrió durante su día, en la casa, escuela o en el área donde ellos se desenvuelven? Es bien sencillo darse cuenta con esos detalles tan pequeños de quiénes somos y para donde vamos si seguimos haciendo lo mismo.

Pero no se preocupe, no se ponga triste, esto solo es un ejemplo, yo sé que usted quiere hacer las cosas bien y que por eso está aquí, y claro con la ayuda de Dios vamos a salir adelante.

Nadie absolutamente nadie quiere ser mala persona o mucho menos ser una persona solitaria, ya que el ser humano se caracteriza por ser *Bio-psico-social*, en pocas palabras, todo ser humano fue diseñado para relacionarse con las demás personas y no vivir aislado de ellas.

Por dicha razón natural y por el perfecto diseño de Dios nadie puede estar solo en la vida. Y las personas con esta patología de mal carácter sufren mucho de soledad; e incluso les gusta dormir mucho para que el día sea más corto y no tener que relacionarse con nadie. Pero lo importante aquí es buscar la salida, y ese es mi propósito, que pueda encontrar una salida y poco a poco llegar a ser mejor persona.

Es por ello que quiero que hablemos de los orígenes del problema y así darnos cuenta que todo evoluciona: nadie empezó gritando de primas a primera, en el camino se va deformando o vamos alimentando nosotros mismos ese mal genio.

¿Cómo así? Tal como los niños tienen un proceso de aprendizaje, u orden para hacer las cosas, primero gatean, luego caminan y por último corren, así evoluciona nuestro mal carácter.

Cuando no le ponemos la debida atención a las malas palabras, gritos e incluso a los golpes, y no hablo de golpes fuertes de puños cerrados, sino de pequeños empujones como por ejemplo, lo típico de los salvadoreños.

¡Apúrate, muchachito, camina! O decimos ¡anda, trae eso, ve!

Pero ese "ve" lleva un jalón de manos o empujón patada y mordida, y sabe Dios qué cosas más.

Eso lleva de todo en la cabeza del cipote. Y claro, como los niños no pueden defenderse, nos aprovechamos de eso. Y esto también se puede reflejar en el matrimonio, con palabras hirientes o incluso, como en el caso del niño, con pequeños empujones.

Dejando así secuelas muy graves en nuestros cónyuges o en el menor.

Ya se ha hecho alguna vez esta pregunta. ¿Qué tienen que ver los niños y los cónyuges con la manera que nos criaron nuestros padres?

– ¡Nada, verdad!

Entonces empecemos primero por dar un buen ejemplo nosotros los adultos y padres de familia, y luego como cristianos que nos hacemos llamar.

Por otra parte la persona con mal carácter siempre cree tener la razón, imponiendo sus argumentos, y en muchas ocasiones discutiendo y utilizando un lenguaje soez tener la razón ante los demás.

La persona con mal carácter critica con facilidad, se expresa sin poner freno a su lengua, sin importarle si hiere a los demás. Y siempre se excusa diciendo que fue sin querer que dijo las cosas. En otras palabras; él se cree superior a los demás, trata a las personas que lo rodean como si fueran sus súbditos y piensa que todo mundo le tiene que rendir pleitesía.

Entonces surge la interrogante ¿qué hay que hacer con nuestro mal carácter? Trate hasta donde le sea posible mantener la calma, no cuente hasta diez, cuente hasta mil o diez mil si es necesario.

Imaginemos un cuadro sencillo para tener una mejor idea de esto.

En su trabajo su jefe le ha estado presionando por algún tipo de documento o delegando una misión, la cual usted tiene que hacer en un tiempo corto o determinado, y todo el día su jefe lo presionó hasta que por fin dieron las cinco en el reloj y usted salió del trabajo, pero dejó a medias la tarea, y se va para la casa pensando que su jefe le pedirá cuentas mañana y usted ya no haya qué hacer, porque no le gusta que nadie lo mande, y se cree que es un "todólogo" (que todo lo sabe)

Se va para su casa con eso rebotando en su cabeza.

Al llegar a casa, le sale al encuentro su hijo de seis años que quiere jugar con su papi a la pelota y le insiste:

— ¡Papi juguemos, papi juguemos!

Al punto que usted le responde de una manera pésima y déspota al pequeño, como que si él fuera el culpable de sus preocupaciones.

Recapitulemos entonces, ¿tiene el niño la culpa de lo que usted está pasando?

¿El niño sabe cómo ha sido su día de trabajo?

¡Claro que no!

Y mucho menos le interesa saberlo, por la sencilla razón de que él es un niño que está en su etapa de desarrollo infantil y solo quiere jugar con papi a la pelota.

En otras palabras, hay que saber manejar este tipo de situaciones que se nos presentan a diario y que no vamos a negar que tengan un poco de estrés laboral, pero si le agregamos a ese estrés su mal carácter; eso se convierte en una bomba atómica que no es nada comparada con la explosión de Hiroshima y Nagasaki.

Este solo es uno de miles de casos que suceden en cada hogar del mundo, pero nosotros como personas adultas tenemos la obligación de controlar nuestras acciones y hacernos responsables de nuestros actos.

El problema comienza cuando perdemos los estribos y nos olvidamos de quienes somos, creando así espacio para cometer errores. No se trata de que seamos perfectos –perfecto es solo Dios– sino de llegar a un nivel de madurez emocional donde podamos aceptar nuestros errores y procurar no volver a cometerlos.

A menudo escuchamos a personas decir:

"Perdóname, estaba bajo los efectos del alcohol"

"Disculpa, es que estoy pasando por una situación difícil en mi familia"

Y terminan diciendo:

"te prometo que no lo vuelvo a hacer"

El mal carácter nunca va a ser justificado por una excusa barata.

El que roba es ladrón, no importa la cantidad que sustraiga.

Simplemente las personas por naturaleza tratamos de justificar nuestros errores en alguien o algo y tener así en quien excusarnos, y la forma más sencilla o la zafada olímpica que se tiene es echarle la culpa a los demás antes que asumir nosotros la responsabilidad que nos corresponde.

Y usamos los problemas económicos como salida alterna o más viable ante estas situaciones.

Pero le quiero decir algo ¡sorpresa!

Usted no es el único que tiene problemas de índole económicos, todos andamos con eso y miles de cosas más en la cabeza, y claro unas más complejas que otras, dependiendo en que círculo social se mueva o el trabajo que desempeñe.

Pero eso no nos da la pauta para ofender a los demás y hacernos los importantes mirando de menos a los compañeros de trabajo o amigos.

Es por esta y muchas razones más que vamos a pasar a identificar algunos socios del mal carácter.

El primer socio que acompaña al mal carácter: *el orgullo*. Definamos entonces qué es el orgullo según el diccionario. *Orgullo (del francés orgueil) es un sentimiento de valoración de uno mismo por encima de los demás.*

Hay un término que en lo personal me gusta mucho y creo que es bastante "técnico" en nuestro lenguaje salvadoreño para describir a una persona que es orgullosa: *alucín*. En lenguaje coloquial sería alguien que se cree más que los demás y aparenta lo que no tiene.

A menudo la persona orgullosa considera menos o inferiores aun a los de su propia casa, jactándose y diciendo prepotentemente:

"Como yo trabajo en esta casa yo soy el que mando".

Quiero decirle algo, Don Orgullo, si Dios no le diera las fuerzas para ir a trabajar, usted no sería nada.

Porque es Dios quien tiene el sartén por el mango. Así que valdría la pena poner nuestra barba en remojo y bajarle dos rayitas a nuestro tono de voz y ser un poco más humilde, humanista y empático con los que nos rodean.

Recordemos que la soberbia y el orgullo, matan cualquier talento.

Usted podrá tener muchos dones o ser muy talentoso para hacer diversas actividades cognitivas o físicas.

Pero todo eso queda de lado cuando somos orgullosos y soberbios.

"Antes del quebrantamiento es la soberbia, y antes de la caída la altivez de espíritu."(Proverbios 16:18)

A las personas que son orgullosas o soberbias, les falta mucho que sufrir en la vida, y muchas cicatrices en el corazón. Y claro que Dios se encargará de eso, nadie, pero nadie, se irá de este mundo sin pagar las facturas pendientes, metafóricamente hablando.

Sigamos entonces hablando del orgullo, cuando una persona empieza a pensar que es más inteligente, más importante y que tiene más valor que los demás, es ahí donde comienza el principio de un largo calvario.

Hay algunos que lo hacen porque así se les educó en sus hogares, pero qué sucede con las personas que se prepararon académicamente, y comienzan a elevarse despegando los pies de la tierra y viven en las nubes.

A esas personas les recuerdo que hay dos leyes en la vida que todo ser humano no debería ignorar.

La primera se llama ley de la física que dice:

Todo lo que sube tiene que bajar.

La segunda se llama ley natural:

Se cosecha lo que se siembra.

Partiendo de estas dos leyes podemos decir que las personas prepotentes no se van a salir con la suya, ya que uno de los atributos de nuestro Dios es la justicia.

Y qué paradoja de la vida porque el ser humano cree que entre más preparado es en lo secular tiene derecho a gritarle a los demás o tenerlos en poco, mirándolos por encima del hombro.

¡Qué distantes estamos de la realidad por creer eso!

¡Grave error!

Ya que tendría que ser todo lo contrario. ¿Cuál sería entonces? una persona que se preparó académicamente debería ser amable, compresiva, accesible, humanista etc.

Esto me recuerda una anécdota que les quiero compartir, siempre siguiendo con esto del orgullo o altivez no aceptando nuestros errores.

Cuando estaba trabajando en el Ministerio Público de mi país asistí a una audiencia (no como cliente.) Más adelante estaré en esa posición, pero en esta oportunidad como oyente nada más.

Por cuestiones de mi trabajo esa vez vi a mi compañero fiscal que hablaba algo con el juez del tribunal.

El juez le decía: eso no es así, licenciado, y por eso no podemos proceder a esto y mucho menos dar la otra salida alterna a este tipo de delito.

Mi compañero fiscal muy educado y como conocedor y garante de la ley le refutó en varias ocasiones que él estaba equivocado en cuanto a ese artículo del código procesal penal.

El fiscal citó dicho artículo con nombre y apellidos y procedió a abrir el documento jurídico para sacar de dudas al señor juez.

Y a todo esto, su servidor, como buen salvadoreño, parando la "oreja" para saber en que terminaría la situación.

Cuando finalmente mi compañero abrió el código y le dijo al juez "lea por favor, señor juez, lo que expresa el código acerca de este tipo de delito."

¡Yo, más pendiente a ver que decía el juez!

El juez lo tomó, lo leyó para sí mismo y, sin expresar o balbucear palabra alguna, terminó de leerlo y respondió:

"Aquí se equivocó el legislador"

Mi compañero, incrédulo, solo se sonrió ante la respuesta del juez y no agregó más nada;

posteriormente entraron a la audiencia.

Pero a mí me quedó la duda de la respuesta del juez, y como soy ¡bastante curioso!, le pregunté a mi compañero al salir del tribunal, quién era el "legislador" del cual el señor juez decía que se había equivocado en dicho artículo. Para mi sorpresa el fiscal respondió: "¡Kike, el legislador es la persona que escribe el código!"

Ahí comprendí porqué a mi compañero le dio risa. No pude contenerme y solté una carcajada yo también, más fuerte aun, ya que el juez no estaba frente a nosotros.

¡Qué buenísima ilustración!

No importa la clase social o nivel académico de las personas, cuando creemos saberlo todo no hay quien pueda más que nosotros o quien nos gane. Imagínese por un momento esa escena inverosímil, que cada vez que la cuento me sigue dando risa.

Típico, el alumno siempre quiere saber más que el maestro.

¡Qué difícil es para una persona orgullosa reconocer sus errores!

Otro factor que acompaña al mal carácter es: *la ira*. La ira es un sentimiento de enfado muy grande y violento. Siendo este el más notorio y el que nos delata ante los demás, la ira es una de las seis emociones consideradas básicas y universales.

Como toda emoción, tiene una función adaptativa. Su principal papel es el de "empujarnos a actuar". Cuando alguien o algo interfiere con lo que estamos intentando hacer, la ira nos moviliza para que eliminemos aquello que se interpone en nuestro camino.

Socialmente, la ira está mal vista. Desde pequeños se nos enseña a no exteriorizarla, incluso a reprimirla. Pero la realidad es que hay situaciones que simple y sencillamente nos 'airamos'.

Es conveniente que aprendamos a bregar con ella de una forma apropiada y a expresarla de manera asertiva. "Airaos, pero no pequéis; no se ponga el sol sobre vuestro enojo, ni deis lugar al diablo". (Efesios 4:26-27)

De lo contrario, la ira puede ser peligrosa, ya que nos impide pensar con claridad y nos puede llevar a actuar de manera hostil y agresiva en nuestras relaciones interpersonales.

Esta también surge ante situaciones en las que nos sentimos amenazados, y en muchas ocasiones suscita cuando tenemos un precedente o se sufre de un mal carácter.

Otro punto importante a tomar en cuenta es nuestro estado anímico y físico, ya que el cansancio, el afán, la falta de tiempo, los ruidos fuertes o el estrés hacen que podamos estar más susceptibles e irritables.

Pero en ocasiones la ira es producto de nuestro propio "Yo" y manifestada en nuestro mal carácter.

Hay muchos factores internos y externos que la provocan de los cuales veremos a continuación para así tener una mejor perspectiva de la misma.

Podemos encontrar tres formas en que se manifiesta la ira:

En primer lugar: *ira como instrumento*. Es decir que la empleamos como medio para obtener algo. Esta conducta se asocia a un déficit en habilidades de comunicación y de autocontrol.

En segundo lugar: *ira como explosión*. Puede aparecer cuando aguantamos durante mucho tiempo una situación injusta o perturbadora. Así, las pequeñas frustraciones diarias se van acumulando y acabamos estallando en un momento u otro.

En tercer lugar: *ira como defensa*. Surge cuando percibimos que nos están atacando o nos enfrentamos a una dificultad. *Si nuestra reacción se basa más en la interpretación de las intenciones de los demás antes que en los hechos objetivos, es posible que nuestra ira sea poco justificada, y que podamos tener reacciones violentas, desenfrenadas y desproporcionadas con nuestro entorno.*

La intensidad de todas las emociones es variable en cada ser humano, pero eso no justifica nuestras acciones y en el caso de la ira puede ir desde una ligera irritación hasta una furia intensa o desenfrenada.

Cuando nos dejamos llevar por la ira, la forma en la que nos comportamos deja bien claro a los demás que estamos enojados, y disimular una cara enojada no se puede, mi amigo y hermano. Algunas de las conductas que realizamos pueden ser agresivas con respecto a otras personas (gritar e insultar) o notorias para su entorno como es el caso de miradas fijas, ceño fruncido, apretar o rechinar los dientes, entre otras.

También, a nivel interno percibimos muchos

cambios físicos que nos hacen sentirnos en tensión o activados de forma intensa, entre los cuales podemos mencionar el incremento de la frecuencia cardíaca, aumento de la presión arterial, aumento de la tensión muscular (a veces incluso aparece cierto temblor) la respiración se acelera, etc.

Son precisamente todas estas variantes las que nos empujan a actuar, pero si se mantienen durante mucho tiempo, o si se repite con mucha frecuencia, es muy posible que tenga efectos negativos a mediano o largo plazo ya que esta situación ocasiona un desgaste en nuestro organismo.

Una de las consecuencias esenciales de dejarnos llevar por la ira consiste en que: *la ira provoca más ira.* Cuando no ponemos límite a nuestra ira y respondemos con estallidos de rabia cada vez que la sentimos, nuestro organismo aumenta sus niveles de adrenalina, con lo que la presión arterial también se incrementa.

Por tanto, la sensación a nivel corporal no es de calma, sino de excitación. Y un organismo excitado es más propenso a responder de manera agresiva y descontrolada.

Estallar de ira nos hace sentir peor. Aunque inicialmente tengamos la sensación de que nos hayamos "descargado" cuando respondemos de forma agresiva (gritos, golpes) a los pocos minutos, cuando desciende la activación, aparecen sentimientos de culpa y vergüenza, originados por la sensación de haber perdido el control.

Estallar de ira no nos lleva a conseguir nuestros objetivos. Cuando alguien grita para intentar que los demás le hagan caso, puede lograr su objetivo (al principio) pero a la larga sus seres queridos terminarán por alejarse de él, ya sea por miedo, por desgaste o para protegerse porque se ha convertido en una amenaza real para ellos. Por tanto, las relaciones interpersonales y familiares se verán deterioradas e incluso, en algunos casos, rotas. Algo muy importante de este punto es que aprendamos a manejar de una manera racional, eficaz y apropiada esas explosiones de ira.

Es vital identificar cuáles son las situaciones que la provocan con más facilidad, así como las conductas asociadas que solemos llevar a cabo cuando nos encontramos airados, en concreto habría que tomar en cuenta o identificar qué tipo de pensamientos tenemos con más frecuencia, qué sensaciones a nivel físico y emocional sentimos a menudo cuando estamos dominados por la ira.

Para ir concluyendo, sería necesario aprender las estrategias más apropiadas para controlar esos ataques de ira, ya sea con un profesional de la salud mental (psicólogo) o asistiendo a un grupo de terapia como lo son neuróticos anónimos.

Como hemos podido comprobar, la ira es una emoción más y no hay que avergonzarse de experimentarla en algunas ocasiones.

El punto está en no darle mayor cabida en nuestro interior; y si ha pasado por este tipo de situación no se sienta mal ya que la Biblia nos dice que pasaremos por tales etapas, pero nos hace una excelente sugerencia (cito por segunda vez este fabuloso párrafo de la Biblia. "Airaos, pero no pequéis; no se ponga el sol sobre vuestro enojo, ni deis lugar al diablo" (Efesios 4:26-27). Hemos sido un poco más enfáticos en la ira, ya que es como la cereza del pastel y en muchas ocasiones después de la cólera vienen las agresiones físicas y queremos resolverlo todo por los golpes.

II

HABLANDOTE AL OIDO

Quiero empezar este capítulo narrando una forma muy curiosa que tenemos las personas cuando queremos comunicar algo, y buscamos la forma de hacerlo de una manera peculiar como es "hablándole al oído a alguien".

No me va negar que, en muchas ocasiones, cuando queremos decir algo usamos este método para que otras personas que están a nuestro alrededor no se den cuenta de lo que le estamos diciendo a la otra persona. Hasta cierto punto, es válido y aceptable hacer esto ya que nos indica que solo esa persona, a la cual le decimos las cosas al oído, es la interesada en saberlo.

A menudo Dios usa este mismo método cuando se quiere comunicar con nosotros.

Y dirá usted, ¿cómo así? Bueno, si tiene alguna duda de esto vayamos con uno de los mayores líderes que ha existido, Moisés. Según la Biblia, cuando Dios tiene un encuentro con Moisés, lo hizo a solas, mientras él estaba apacentando las ovejas de su suegro. "Entonces Moisés respondió a Dios: ¿Quién soy yo para que vaya a Faraón, y saque de Egipto a los hijos de Israel?

Y él respondió: Ve, porque yo estaré contigo; y esto te será por señal de que yo te he enviado: cuando hayas sacado de Egipto al pueblo, serviréis a Dios sobre este monte" (Éxodo 3:11-12). Es en ese momento donde Dios le dio las instrucciones de como sacaría a su pueblo de la esclavitud de Egipto. Podemos ver entonces a la luz de la Biblia que Dios tuvo que llamarlo o estar a solas con él para poder dialogar. A eso precisamente me estoy refiriendo cuando digo "hablándote al oído" ya que en muchas ocasiones el bullicio de las personas a nuestro alrededor no nos deja escuchar con claridad la voz de Dios.

Y así puedo mencionar algunos otros personajes bíblicos a quienes Dios les ha hablado de una manera personal y particular y a otros les ha hablado con voz audible que solo ellos han podido escuchar, tal es el caso de Samuel cuando estaba en el templo por la noche. "Jehová, pues, llamó la tercera vez a Samuel. Y él se levantó y vino a Elí, y dijo: Heme aquí; ¿para qué me has llamado? Entonces entendió Elí que Jehová llamaba al joven.

Y dijo Elí a Samuel: Ve y acuéstate; y si te llamare, dirás: Habla, Jehová, porque tu siervo oye. Así se fue Samuel, y se acostó en su lugar.

Y vino Jehová y se paró, y llamó como las otras veces: !Samuel, Samuel! Entonces Samuel dijo: Habla, porque tu siervo oye." (1 Samuel 3:8-10).

La Biblia declara que Dios le habló en tres ocasiones y cuando él iba donde Elí y le decía "heme aquí", Elí le decía que él no había hablado. Hasta que al final Elí descubrió que era Dios quien le hablaba a Samuel, tal cual lo dice el texto.

Queda claro entonces que cuando Dios quiere tratar con nosotros lo hace de una manera muy personal y en muchas ocasiones a solas, como lo hizo en los dos ejemplos anteriores.

Es de ahí donde nace el nombre de este capítulo "hablándote al oído". Dios es así, comienza dando instrucciones al oído de alguien en particular, lo único es que somos nosotros los que nos hacemos los desentendidos y creemos que, porque no nos va mal en los negocios o en el trabajo, todo está bien, Dios es bueno, y decimos Dios es bondadoso y muchas cosas más.

Lo más curioso es que a pesar de todo esto podemos ser personas muy exitosas en la vida.

Y con poco de esfuerzo pudimos haber alcanzado algunos de nuestros sueños o metas que nos propusimos, pero todos esos logros, al final del día, vienen siendo de carácter efímero. Tal y como lo expresa uno de los líderes religiosos del momento cuando dijo estas palabras. *No sirve de mucho las riquezas en los bolsillos, cuando hay pobreza en el corazón.*

Es entonces en ese sentido que podemos llegar a la siguiente conclusión y decir, que la felicidad más grande del ser humano no es alcanzar sus metas y logros a lo largo de su vida, más bien es haber reconocido a Jesús como su único y suficiente salvador personal, y será Él quien traerá paz y descanso a tu alma. Como lo dice la Biblia en la carta que escribe nuestro hermano Pablo a los romanos: "no os conforméis a este siglo, sino transformaos por medio de la renovación de vuestro entendimiento, para que comprobéis cuál sea la buena voluntad de Dios, agradable y perfecta" (Romanos 12:2). Por otra parte quiero decirle que todos tenemos un talón de Aquiles, áreas que debemos por fuerza trabajar y mejorar. Y si lo quiere ver desde el ámbito religioso, nadie es perfecto (Somos seres humanos perfectibles, no perfectos.) En otras palabras, es con la ayuda de Dios y con el conocimiento que tengamos de su palabra que seremos mejores cada día.

Mi estimado amigo y hermano, ¿cuántas oportunidades te has perdido o te seguirás perdiendo en la vida por tus acciones o mal comportamiento ante las demás personas?

Hay ciertas acciones que nosotros realizamos de una manera muy consciente y que sabemos que están mal y por ende traerán repercusiones más adelante pero lastimosamente las seguimos haciendo.

Y es en este preciso momento donde el problema comienza a tomar forma cuando creemos que solo nosotros tenemos la razón. Y nos cuesta aceptar que hay personas muy capaces y competentes a nuestro alrededor.

En ocasiones culpamos a Dios por algunas cosas que nos pasan o por las malas decisiones que tomamos en nuestra vida y llegamos a creer que son pruebas que Dios nos pone. Y luego nos hacemos las preguntas:

— ¿dónde está Dios?

— ¿y por qué a mí?

— ¿qué estaré pagando?

Todas estas preguntas te las habrás hecho en más de una oportunidad pero en muchas ocasiones, amigo y hermano, el reflejo de nuestro mal vivir es producto de las malas decisiones y obviamente demuestra que estamos en rebeldía con Dios.

Decimos comentarios que a nuestro juicio están bien, pero dañamos a las personas, y cuando las personas se defienden, nosotros tratamos de ridiculizarlas. Y hacemos ciertas expresiones de burla.

Amigo y hermano, el mal carácter siempre irá acompañado de la mala educación. Y no importa que tan simpático o bonita seamos.

Una persona mal educada es una persona que en cualquier lugar cae mal, hasta en la propia familia. Es más, ni el chucho de la casa le estima porque mucho lo maltrata.

Es importante tener nuestros oídos sensibles y alerta a lo que Dios quiere decirnos en nuestro diario vivir y no pasar por alto esos pequeños detalles que nos acontecen a diario.

En muchas ocasiones vivimos empecinados en hacernos los sordos para no escuchar la voz de Dios e ignorar lo que Él nos quiere decir.

De una cosa estoy seguro y puedo dar fe de ello, "Dios, al hijo que ama lo disciplina" y lo hace para nuestro bien, aunque en el momento no entendamos las cosas, pero más adelante empezarán a tener sentido.

A mí, en lo personal, me ha ayudado mucho cuando en alguna noche que no he podido dormir por una u otra razón, simplemente he tratado de sacar ventaja de esas horas de insomnio, meditando un poco y hablando con Dios. Y no me creo el gran espiritual y que ya me saldrán alas para volar hacia el cielo y no pecar más. No, nada que ver con eso. Dejaría de ser humano si no me equivocara a diario y en muchas ocasiones quisiera esconderme o que la tierra misma me tragara por ciertas cosas que hago o pienso. Pero el punto aquí es ponernos a cuentas con Dios todos los días de nuestra vida y pedir a Él que tenga misericordia de nosotros y nos perdone cada día nuestras faltas. Ya que uno de los regalos más grandes que Dios nos da después de la salvación es que ha perdonado nuestros pecados, y ojo en esto, porque es bien delicado lo que le voy a decir, muchos creemos que Dios perdonó nuestros pecados y ahí se termina todo. De ninguna manera: la multiforme gracia de Dios es más que eso. Ya que Él perdona nuestros pecados pasados y nuestros pecados futuros, tal como lo dice la Biblia: "tú has conocido mi sentarme y mi levantarme; has entendido desde lejos mis pensamientos, has escudriñado mi andar y mi reposo, y todos mis caminos te son conocidos. Pues aún no está la palabra en mi lengua, y he aquí, oh Jehová, tú la sabes toda" (Salmos 139:2-4)

Tú puedes decirme que los afanes de la vida o el diario vivir, los recibos o deudas no te dejan pensar de una manera sensata o con cabeza fría, lo entiendo perfectamente, pero de aquí en adelante por tu salud mental y por una mejor calidad de vida para ti y los que te rodean, valdría la pena hacer un esfuerzo.

No te pido que te remontes hasta tu niñez porque creo que es un poco difícil, más no imposible, pero como ya antes lo he expresado basta con ponernos a pensar un poco las cosas que hemos hecho en el día.

Las áreas débiles de nuestra vida no se pueden superar o ser vencidas cuando las hacemos de lado, eso no soluciona nada, más bien te hace una bomba de tiempo que hace ¡tic tac! ¡tic tac! Y que en algún momento estallará, en cólera, ira, rabia, malas palabras, o incluso llegar hasta los golpes.

Los problemas siempre van a estar ahí a la orden del día, pero de nosotros depende la prioridad que le demos a estos, cuando tenemos nuestras prioridades claras en la vida, tomar decisiones se nos hará más fácil. *"No esperemos resultados distintos, haciendo siempre lo mismo."*

Y creo que, si estás tomándote este tiempo para leer un poco, es porque en el fondo de tu corazón quieres cambiar esas áreas débiles que hay en ti.

Por tanto, hoy te puedo garantizar que bastaría con veinte a treinta minutos que inviertas de tu tiempo dejando a un lado el bullicio de la gente y el uso de la tecnología (como nuestro celular y las redes sociales que tanto tiempo nos roban) y meditar un poco lo que hiciste en el día, y así sabrás por qué camino vas y a hacia dónde llegarás haciendo lo que haces.

Volviendo un poco a lo de buscar en nuestro interior, los psicólogos dicen que en los primeros años de nuestra vida es cuando el niño es como una esponjita que todo absorbe y de ahí dependen muchas patologías o patrones de conducta que en nuestra vida adulta se desarrollarán y tendrán repercusiones ya sean positivas o negativas en el ser humano.

La vida está llena de oportunidades y retos y si tú no las aprovechas créeme que alguien más estará en tu lugar, y no precisamente porque tú no tienes la capacidad o el nivel académico que se requiere para dicha oportunidad, sino más bien será culpa de tu mal carácter.

Para entender mejor lo que quiero decir veamos este ejemplo sencillo y tal vez un poco trillado.

Digamos que en tu trabajo hay una promoción de empleo, quieren promover a alguien a un puesto superior o habilitar una plaza para la cual necesitan a una persona capaz y que llene ciertos requisitos: puntual, ordenado, dedicado y con algunos años de experiencia. Vayamos más allá para hacerlo un poco más interesante y poniéndole salsa a los tacos, agreguemos un sueldo atractivo.

Tú llenas los requisitos anteriores

; eres puntual, ordenado, dedicado y si hablamos de experiencia claro que la tienes, y además de eso cuentas con un gran repertorio de ideas y proyectos a realizar en el área requerida, pero tienes algo que a ellos los detiene para que seas el candidato perfecto.

— ¿Qué es?

— ¡No eres una persona sumisa!

— ¿Por qué?

Por tu mal carácter. Cuando se te dice que las cosas se podrían hacer de una mejor manera o diferente de la que tú piensas, saltas en ataque de ira y dices todo lo que se te viene a la mente y no refrenas tus labios y al final dices las cosas con sarcasmo. Y la frase más común "así soy yo" ¡Sí! un perfecto mal educado!

Pero según tú, estás siendo un campeón, diciendo toda clase de cosas delante de las personas.

Quiero decirte que muchas veces cometemos el error de hablar antes de escuchar (*oír es percibir por los oídos, pero escuchar es prestar atención a lo que se oye)*; bastaría que te miraras en un espejo en ese momento y te darías cuenta de la clase de persona que reflejas. Y ojo que he dicho persona, no he mencionado la clase de cristiano, de eso hablaremos más adelante.

Entonces volviendo a la idea central, amigo y hermano, ¿a qué quiero llegar con esto? Un pequeño toque de sal extra en una comida hace que esa comida pierda el buen gusto y no tenga una sazón perfecta. Ese pequeño gran detalle que llamamos carácter está dejando un mal sabor de boca entre las personas que nos rodean y en nuestras familias, a ti no se te puede señalar nada, porque como decimos en nuestro país: "te crees la última Coca Cola del desierto"

Con el pasar del tiempo nos vamos dando cuenta que las personas que antes estaban cerca de nosotros hoy en día se han alejado, y esto no es cosa que nos deba asombrar, por lo general las personas con mal carácter sufren de soledad y en muchas ocasiones prefieren dormir hasta tarde o evadir a las personas, y no porque ellas quieran.

¡No! De ninguna manera. Al contrario, es porque sus acciones los han llevado hasta esa situación.

Y no hay nada más feo en la vida que el sentimiento de soledad, *estar rodeado de muchas personas, pero a la vez sentirse totalmente solo.* Para muestra basta un botón.

¿Cuántas llamadas recibes al día?

¿Cuántos amigos o familiares te envían mensajes de WhatsApp o mensajes en las demás redes sociales?

Ya sea para saludar o preguntarte cómo estás y como ha sido tu día, etc. Creo que con estas dos preguntas ya tienes un parámetro de medición de ti mismo.

Lo que trato de decirte de una manera sencilla es que muchas veces perdemos oportunidades en la vida por no ser personas sumisas. Y el ser sumiso no habla de ser "aguado" o "dundo" como comúnmente la gente cree, la sumisión no tiene nada que ver con eso.

Tengo algunas preguntas más.

¿Qué dice la gente cuando nos ve caminar en la calle o círculo social?

¿Te quieren saludar o más bien se apartan de tu camino? Probablemente estarás pensando: "a mí lo que la gente haga o diga no me interesa, ellos no me dan de comer". Si, entiendo eso y sé que ellas no te dan de comer y también sé que nadie queda bien con todas las personas, te entiendo ese punto, pero amigo y hermano, con nuestras acciones reflejamos quienes somos en realidad y nuestro carácter es nuestra tarjeta de presentación para los demás.

Creo que valdría la pena que hoy empezáramos a preocuparnos por ser mejores personas, amigables y amables y con mucha más razón cuando nos hacemos llamar cristianos.

Y es en este punto que me quiero detener un poco, con nosotros que nos hacemos llamar "cristianos." "De más estima es el buen nombre que las muchas riquezas, y la buena fama más que la plata y el oro". (Proverbios 22:1)

Fácil es hablar de un tema cuando lo dominamos, pero qué difícil es hablar de una debilidad cuando la padecemos, y todos tenemos nuestro "talón de Aquiles".

Todos estamos expuestos a situaciones de la vida en las cuales tenemos que dar una solución inmediata a problemas difíciles o complicados, algunos más complejos que otros. Pero está en nosotros y en nadie más el poder enfrentar este tipo de presión y darle una salida alterna favorable y amable.

Mi intención no es ofenderte con mis palabras y mucho menos hacerte sentir mal en cuanto a lo que escribo, sino más bien, con la ayuda de Dios, decirte que para toda situación que estemos atravesando debido a nuestro carácter hay una salida. No se frustre o ahogue en un vaso con agua.

¡No somos perfectos, no se confunda, perfecto solo Dios!

El ser humano está en un proceso constante de aprendizaje y desarrollo a lo largo de su vida, y ya que pasamos por este mundo tratemos de dejar una huella positiva. *Los verdaderos caballeros e hijos de Dios no dejamos cicatrices, dejamos buenos recuerdos en las personas.*

Quiero compartir una experiencia y espero que de algo les pueda ayudar.

Un día me dirigía de la ciudad de Chalatenango hacia San Salvador para hacer algunas diligencias que se me habían encomendado de parte de mi trabajo. El mismo consistía en repartir correspondencia a distintos lugares u oficinas en San Salvador y en todos los municipios de Chalatenango.

Como a eso de las diez treinta de la mañana me

dirigía sobre la carretera troncal del norte que conecta de Chalatenango a San Salvador, en una motocicleta que era propiedad de la institución para la cual yo laboraba, cuando, a la altura del municipio de Aguilares, me encuentro con tres personas que iban atravesando la calle, siendo una de ellas, un adulto mayor de aproximadamente setenta y cinco años de edad.

Justo cuando yo venía, este señor vio que yo venía en la motocicleta y se asustó, quedándose paralizado en medio de la carretera sin saber qué hacer. Yo por mi parte hice hasta lo imposible por esquivarlo, pero no pude evitar impactarlo con la parte delantera del timón de la motocicleta. Fue un ligero rozón, pero, por la edad del señor, cayó al suelo y quedó tendido en la mitad de la carretera.

Por gracia de Dios, el cual me protegió en ese momento, no perdí el equilibrio. Con la velocidad que traía, si la motocicleta hubiera caído, me hubiera derrapado y no creo que yo hubiera quedado con vida, ya sea por el impacto de la caída o por los demás vehículos que transitaban por la zona. Cuando finalmente me detuve unos metros más adelante, me quité el casco, bajé de la moto para ver lo ocurrido y, claro, caminé para ayudar a la persona que estaba en el piso, mi sorpresa fue que ya no estaba ahí. Había sido auxiliada y estaba siendo llevada al hospital de la localidad.

Para que tenga una mejor perspectiva de lo que le estoy contando, eso fue en cuestión de unos cuatro minutos. Luego, las autoridades correspondientes no se hicieron esperar y llegaron a la escena del accidente.

Inmediatamente, sin andar mediando tanta palabra, el agente de tránsito me dijo que tenía que acompañarlo a la delegación de la ciudad de Apopa como parte del procedimiento, y me dijo que le diera mis documentos de tránsito: la licencia de conducir con la tarjeta de circulación de la motocicleta, y que se llevaría la motocicleta en una grúa. Le respondí que la motocicleta estaba en perfectas condiciones como para pagar una grúa y llevarla ahí, que yo podría ir a la Delegación manejando la motocicleta. No hubo forma de hacerlo cambiar de opinión.

No les quiero mentir en cuanto a mi estado anímico y emocional, pero una cosa si les puedo decir con toda sinceridad, me sentía agüitado. Sentía que el mundo se me venía encima, que estaba viviendo una catástrofe ya que nunca había tenido un percance de esta índole. Me sentía culpable y no me perdonaría nunca si ese pobre señor tuviera alguna lesión que le causara la muerte.

Es entonces cuando surgen tantas interrogantes.

¿Por qué a mí?

¿Qué he hecho mal para estar pasando por esta situación?

Eran las preguntas que más circulaban en mi cabeza. En esos momentos uno baja a todos los ángeles del cielo y hay más preguntas que respuestas.

Quiero que por un momento usted se traslade a uno de esos instantes en su vida por los cuales ha atravesado y no le haya ni pies ni cabeza a su problema, solo de esa manera me entenderá mejor lo que yo le estoy queriendo decir.

También quiero contarle que todo tiene un por qué en la vida, y que todo lo que a usted le ocurre en su vida no es casualidad, su problema o dificultad ya tiene nombre y apellido, así como Dios nos bendice y cuando nos va a dar algo no hay quien nos lo pueda quitar, en otras palabras, se lo voy a decir más fácil como dice un amigo colombiano.

Al que le van a dar, le guardan.

Así es con este tipo de situaciones, lo que es suyo nadie se lo quita.

Volviendo al punto, pasado un tiempo, quizá unos cuarenta y cinco minutos, después de haber sucedido el hecho, me encontraba en la delegación de Apopa llenando unos documentos.

Cuando de repente.

¡Ring! ¡Ring!

Suena el teléfono de la persona que me estaba haciendo el papeleo y…

¡Sorpresa!

Me informan que estaba detenido, y que dormiría en las bartolinas de la delegación. Mi mente no lo podía creer, y decía en mi corazón. ¡Yo, Enrique Guzmán! el hijo de Dios, el que no se mete con nadie y no hace daño a nadie, y además no fuma, mucho menos toma, no tiene vicios de nada, que llega temprano a la casa, que siempre va de su trabajo a la casa, y de la casa a la iglesia, es más, en mi interior decía, si hasta con el chucho soy buena gente y lo saco a pasear y no lo maltrato. Y digo esto porque en muchas ocasiones creemos que las cosas que nosotros hacemos y que por ser "Don Bueno" eso es todo en la vida y que Dios pasará por alto las demás cosas que obramos a diario.

Con mucha tristeza le puedo decir que en ese momento nada de eso vale, porque lo que me estaba ocurriendo era un trato directo del Dios todo poderoso hacia mi persona, y cuando Dios decide hacer las cosas ¡así!, agárrese, hermano, que no hay nadie que lo pueda librar, ni su mamá puede intervenir en esa situación. Mucho menos que otro pondrá el "lomo por usted". Uno de los problemas más grandes del cristiano es creer que las cosas no nos pueden suceder a nosotros y que solo al vecino o al amigo le van a ocurrir y que nosotros somos inmunes a los problemas. ¡Grave error! de todos nosotros, porque dejaríamos de ser humanos para que las cosas no nos pasaran a nosotros.

Después de recibir aquella noticia de la llamada telefónica las cosas se pusieron color de hormiga, y mire que se lo cuento bien tranquilo, yo que lo he vivido en carne propia, el hermano Enrique Guzmán, *el mismo que viste y calza*, dicen en mi país.

El delito que se me imputaba era de lesiones culposas, y fue en ese momento donde procedieron a hacerme la entrada correspondiente para estar en bartolinas de la policía, y aclaro, ya no como visitante o por cuestiones de mi trabajo, sino en calidad de 'cliente'.

Quiero que haga uso de su imaginación por unos momentos y se traslade a la escena donde me encontraba en la Delegación de la Policía de Apopa.

Había un tsunami de ideas en mi mente, como, por ejemplo: no ando haciendo nada malo, no andaba cometiendo ningún tipo de delito y mucho menos bajo los efectos de alguna sustancia alcohólica o drogas en mi organismo.

En mi mente rebotaba esta frase: ando trabajando para llevar el sustento a mi familia.

Y aquí quiero ser bastante enfático, para que sepa que así como yo le estoy exponiendo mi caso en este momento, habrá circunstancias a lo largo de su vida en las cuales Dios ha sido muy específico en su forma de tratar con usted, diciéndole de una manera clara y sencilla, deja esto muchachito, deja lo otro, eso que haces no está bien, no salgas con esos amigos, anda a la iglesia, borra esos contactos de Facebook, deja de mandar esos textos, acuéstate temprano, no le grites a tus hijos, no tengas de menos a los demás hermanos, etc. Pero como no nos gusta entender a la primera, más bien nos gusta llevarle la contraria a todos y por todo.

Es ahí donde nos toca, aprendemos por las malas, Mi abuela decía; "el vivo a señas y el tonto a palos." Usted me entiende y sabe este idioma.

Sigamos entonces porque la historia no termina ahí, apenas estamos en la introducción, y mientras le sigo contando mi experiencia analice su vida y evalúe cuántas veces Dios le ha tocado a la puerta para que cambie ciertas cosas que no lo dejan caminar derecho, y quitemos la palabra "pecado" y veámoslo del lado contrario, ¿cómo así dirá usted? Veámoslo de otra manera. ¿Cuántas bendiciones nos perdemos en la vida por no hacer lo que Dios nos pide? Es decir, si tan solo tratáramos de caminar derecho, recuerde que le dije en el capítulo anterior, "perfecto solo Dios" hablo más bien de ser sinceros con Él y abrir nuestro corazón ante su presencia, y no vaya a tomar esto como algo así "espírituflautico", no mi amigo y hermano, solo trato de que usted experimente una relación personal y directa con Dios.

Dios tiene preparadas para usted y su familia muchas bendiciones si tan solo le fuésemos fieles y lo respetáramos en cada una de las decisiones que tomamos, y ya no en base a qué me conviene a mí o lo que creo que es correcto.

Siguiendo con mi triste realidad, déjeme decirle que las cárceles de nuestro país sufren un déficit por hacinamiento. En otras palabras, cárceles que están diseñadas para cuarenta personas, con dimensiones de cuatro por cinco metros cuadrados, hoy en día albergan más de sesenta personas y en muchos casos hasta ochenta personas. Eso solo es para que tenga una idea para donde iba su servidor en ese momento.

Es ahí donde quiero que se ponga en mi lugar, me estaban preparando la entrada a las bartolinas (llenando la documentación requerida) cuando justo en ese momento llega el abogado que me representaría de parte de la aseguradora.

Muy amablemente se presentó conmigo diciendo que iba de parte de la aseguradora institucional y que todo estaría bien. Que las lesiones del señor que accidenté eran menores y que se recuperaría satisfactoriamente. Más no sabía él que era en ese momento que comenzaba una odisea para mí.

Después de hablar conmigo, se dirigió al encargado de las bartolinas. Expresando lo siguiente: "mi cliente no puede estar en esas bartolinas ya que por el cargo que ostenta en su trabajo como empleado del Ministerio Público es injusto tenerlo ahí con los demás reos comunes y mucho menos con mareros, porque al saber ellos que él es empleado de dicho órgano del estado, van a procurar hacerle daño e incluso atentar contra su vida".

Las palabras bien elaboradas del abogado no le cayeron en gracia al agente de la policía, pero tuvo que aceptar que este tenía razón y el derecho a exigir esas condiciones para mí como su cliente.

Gracias primero a Dios y después a las palabras de mi defensor, la persona encargada de las celdas accedió a no involucrarme con los demás reos y me dejó a un lado de las celdas.

A todo esto yo no sabía el plan de Dios para mi vida, lo que sí le puedo decir es que tenía un gran "agüite" por estar en ese lugar. En ese momento no tenía ni la más mínima idea del porqué estaba ahí, pero como antes le mencioné, Dios nos hace un llamado de atención,

¿De qué forma?

Hablándote al oído. Hagamos un poco de memoria en cuanto al punto que estamos tratando: "carácter". Yo era una de esas personas a las cuales no se le podía decir que no, porque siempre mi palabra prevalecía ante los demás, y se hacía como yo decía porque ¡sí!

Y no que ahora sea una mansa paloma, porque sería mentirle. Pero algo si le puedo asegurar que todos los días de mi vida lucho por ser mejor, primero para con Dios y después con las personas que me rodean.

Porque he comprendido que no se puede servir a Dios sin servir a los demás, y es por eso que Dios va a trabajar esas áreas débiles de nuestras vidas, en mi caso era el carácter, para usted ¿Cuál será? Ya se hizo la pregunta.

De algo si estoy seguro, Dios y usted ya lo saben.

Sigamos entonces con mi vida no muy envidiable

en ese momento, poco a poco se empezaron a dar cuenta mis familiares y demás amigos de lo ocurrido, la madre de mi hija llegó después de unas horas, ya que de Chalatenango hacia donde yo me encontraba había casi dos horas en el bus, (transporte público) y los demás familiares poco a poco fueron llegando.

Hasta ese entonces todo estaba aparentemente bien entre comillas; las cosas no estaban feas del todo, y gracias a Dios con un trato diferente al resto de los "clientes" de las bartolinas.

Pero mi sorpresa fue cuando me llevaron a un lado de las celdas, y me dice el agente de turno: "te voy a poner las esposas, cipote, acércate a esta división de metal. "

Amigo y hermano, sepa que yo soy muy macho, pero en ese preciso momento sentí que todo el mundo se había venido abajo, en mi interior estaba totalmente destrozado, y se me salieron las lágrimas.

Y solo hice la cara así de lado como cuando se regañan a los chuchos, así medio de lado para que no me viera el policía, y comencé a llorar como un niño. Que feo se siente ser tratado como a un delincuente, cuando en verdad uno no lo es. Hay un dicho muy salvadoreño que dice así "no es lo mismo hablarle al diablo, que verlo llegar" y efectivamente, yo solo había visto eso en otras personas, como quedaban detenidas. Pero jamás esperé estar de ese lado del estrado, aunque a pesar de las circunstancias, Dios siempre estaba siendo fiel para conmigo, y digo esto porque mientras lloraba les cuento que Dios vio mis lágrimas, y usando un poco la imaginación, tal vez Dios dijo desde el cielo "pobrecito el Kike, como está llorando, tendré un poco de misericordia para con él". Amigo y hermano, yo le estoy poniendo un poco de sal y pimienta a esto, pero cuando estaba en esas circunstancias no lo veía así, ahí estaba agüitado.

¿Por qué le digo que Dios oyó mi clamor y vio mis lágrimas? Porque después de unos minutos, Dios tocó el corazón de aquel hombre y me dijo estas palabras. "Mira vos, cipote, yo no veo que te vayas a ir de aquí no tenés ese talle (no te vez malo), así que te voy a quitar esas ondas" (esposas.) Sentí un gran alivio en mi corazón cuando me dijo eso y más aún cuando me las quitó, así como cuando uno tiene una gran sed y le dan un vaso con agua algo fría.

Hay momentos en la vida que Dios nos está

llamando y nosotros nos hacemos los desentendidos como que no es con nosotros la cosa, hasta que llegamos al punto que le topamos la cuerda a Dios y tiene que empezar a ajustar cada pieza del rompecabezas de nuestra vida.

Esa noche dormí ahí y unos familiares me llevaron una colchoneta para que descansara un poco, pero, ¿pregúnteme si dormí? ¡No! No pude dormir; esa noche para mí fue una eternidad.

Finalmente, cuando ya salió la luz del sol y llegaron las horas laborales, me informaron que el requerimiento que estaba en espera fue trasladado hasta el tribunal correspondiente para su debido proceso.

Vale la pena mencionar que cuando estás en una de estas situaciones no hay nadie que te pueda ayudar, no hay familia, amigos, ni personas conocidas. Yo en mi interior decía "bueno aquí está fácil la cosa, solo le habla mi jefe de la oficina fiscal de Chalatenango al jefe de la oficina fiscal de Apopa, y le dirá que agilice el requerimiento al fiscal de turno". Eso era lo que yo decía, pero los planes de Dios eran totalmente diferentes a los míos. Y solo se me venía a la mente,

(Proverbios 29:1) "El hombre que reprendido endurece la cerviz, de repente será quebrantado, y no habrá para él medicina." Transcurrieron las horas, y casi al medio día me trasladaron a la audiencia hasta el municipio donde habían ocurrido los hechos, y claro, ya sin las esposas puestas, porque como se los conté antes, ya me tenían confianza los policías.

Al llegar a la audiencia mi defensor habló con el juez del tribunal y con el fiscal del caso y asunto arreglado, gracias a Dios fui puesto en inmediata libertad.

Pero detengámonos un momento y ponga atención a lo que lo voy a decir, se oye bonito el final, pero se siente feo estar preso, mi hermano, eso no se lo deseo a nadie por muy sencillo o menor que sea el delito, y claro, cómo olvidar el día que ocurrió el hecho, dieciséis de septiembre del año dos mil ocho.

Entonces, recapitulemos que fue lo que aprendí de ese acontecimiento. Muchas cosas, pero la más clara de ellas y la principal, era que Dios estaba tratando de una manera clara y directa con mi persona acerca de un área en especial como lo es el carácter.

¿Que como lo sé? Sencillo amigo y hermano, todos

estamos al corriente de los pasos que andamos y lo que hacemos a diario.

En ese momento hice un trato con Dios y yo sabía claramente que así como había permitido que entrara ahí de una forma tan simple, así también tenía el poder de sacarme de ahí sin problema alguno. *Dios me estaba hablando al oído.* Es por eso que cuento esto con lujos de detalles y un poco jocoso, porque cada detalle que ocurre en nuestras vidas no es casualidad, es Dios quien está interviniendo en cada paso que damos y cada decisión que tomamos, por muy sencilla que esta parezca, Dios sigue teniendo el control. Él sigue siendo Dios.

Y cuando hayamos pasado la tormenta y estemos al otro lado del mar, solo nos restará dar gracias a Dios por ese tipo de situaciones.

A lo largo de la vida habrá no una ni dos, sino más bien muchas situaciones en las que a nuestro criterio no van a tener sentido, pero para nuestro creador y padre sí.

Él es claro en la Biblia cuando dice (Jeremías 29:11) "Porque yo sé los pensamientos que tengo acerca de vosotros, dice Jehová, pensamientos de paz, y no de mal, para daros el fin que esperáis."

Después de haber leído parte de mí vida creo que valdría la pena meditar un poco que Dios quiere de nuestras vidas; más adelante en el próximo capítulo les contaré otras experiencias, esperando que en alguna medida les ayuden.

Mientras tanto no se impaciente, aguánteme un poco que más adelante les comparta algo más de mi vida. Mientras tanto quiero darle una definición más acerca del carácter.

El mal carácter también es llamado o considerado como un cáncer de la sociedad, y que va carcomiendo a las personas silenciosamente y a pasos agigantados. Lo triste de esto es que las personas que sufren de este cáncer piensan que no se están haciendo daño y lo que es peor aún que no le hacen daño a nadie.

"No esperes que Dios te bote de la Moto para entender".

III

EN MIS ZAPATOS

Este es un dicho popular y creo que es de índole casi mundial, "cuando alguien critique tu camino, préstale tus zapatos" solamente el que está viviendo ese mal momento o está luchando contra este problema sabe lo dificultoso que puede resultar salir del mismo.

En mi opinión personal, la persona que sufre de mal carácter tiene una lucha interna a diario consigo mismo (digo esto de las personas que luchan por ser cada día mejor) porque, como ya hemos comentado en el primer capítulo, las personas que sufren de este problema no quieren ser así, más bien quieren una respuesta o ayuda de parte de alguien.

Lastimosamente nuestra naturaleza humana solo ve los defectos y los muchos errores que tienen las demás personas.

Pero poco o rara vez alguien se interesa por ayudar a otros, sin embargo te puedo decir con mucha certeza que hay una solución a tu problema y que se llama Cristo Jesús, quien pagó por cada uno de nuestros pecados pasados, presentes y futuros en la cruz. Si hoy le permites que entre a tu corazón puedes verte beneficiado de ese perdón y por sobre todo gozar de una salvación y vida eterna.

Más adelante te dejaré una oración la cual puedes repetir con voz audible y hacer efectivo ese perdón del que te estoy hablando, tal y como lo expresa el apóstol Pablo en su carta a los Romanos: *si confesares con tu boca que Jesús es el Señor, y creyeres en tu corazón que Dios le levantó de los muertos, serás salvo. Porque con el corazón se cree para justicia, pero con la boca se confiesa para salvación. (Romanos 10:9-10)*

Nadie puede otorgar ningún tipo de perdón (hablando de faltas humanas) sin haberse sentido antes perdonado por Dios. Es ahí donde surge la necesidad de ser nosotros mismos primeramente perdonados por Él para, posteriormente, tener la capacidad y la buena voluntad mediante su Espíritu Santo de otorgar perdón a las personas que nos han ofendido y que nosotros hemos ofendido, y sobre todas las cosas gozar de una inmensa paz en el corazón que solo Dios trae a través del nuevo nacimiento en Jesucristo.

Del perdón hablaremos más adelante en el siguiente capítulo, ya que juega un papel importante dentro de nuestro carácter.

Ahora quiero compartirles una de las más grandes experiencias que tuve que atravesar en cuanto al tema que estamos tratando, y como Dios interviene de una manera muy particular en mi vida.

Antes de entrar de lleno a la idea central quiero ponerles un ejemplo sencillo de relaciones interpersonales. Hablando siempre de carácter, pero enfocado o canalizado de una manera positiva, (creo que no solo a mí me ha pasado esta situación) cuando una persona nos atiende bien, en cualquier lugar donde lleguemos, ya sea a comprar o hacer algún tipo de diligencia que tenga que ver con atención al cliente, en lo menos que nos fijamos es en su aspecto físico, porque lo que más sobresale de ella es su sonrisa o su amabilidad. ¡Cierto! (hablando de un buen trato obviamente.)

Tome nota y desde hoy en adelante verá que cuando son amables y respetuosos con nosotros, lo que menos nos importara es como luce o la apariencia física de las otras personas.

Ahora veamos la otra cara de la moneda: cuando nos tratan con un mal genio o mal carácter, puede ser la mujer o el hombre más elegante o simpático del mundo pero nos cae pesado. Y no hablo de libras de más, hablo de sus acciones, gestos y demás expresiones corporales para con nosotros.

Qué manera más simple de saber cómo somos en realidad con algo tan sencillo de comprender como este ejemplo, no importa en qué área del campo laboral o ministerial tú te muevas, lo único cierto es que nuestras expresiones y acciones siempre estarán a la vista de las demás personas, y es ahí donde tenemos que ser cuidadosos con nuestro testimonio. Pero, ojo con esta situación, que no quiero que confunda su testimonio con un manto de hipocresía, hablo de tratar de hacer las cosas bien y como Dios manda.

Hay momentos y situaciones en la vida que Dios permite que las atravesemos para darnos una enseñanza.

Habiendo dicho esto, caminemos más allá, es decir, hablando en términos de béisbol, pasemos hasta la siguiente base. Y para ello déjeme contarle otra de las experiencias que tuve que pasar; ponga atención a los detalles que estos son muy importantes y cruciales.

Esto sucede un día viernes como a eso de las seis y cincuenta de la mañana cuando me dirigía hacia el kínder a dejar a mi hija a sus clases. Tengo tan presente ese día, porque era el último día de sus clases y terminaba el año lectivo.

Pues a la hora antes mencionada yo llevaba a mi hija en una bicicleta, como casi todos los días lo hacía al kínder, luego me iba para mi trabajo ya que me quedaba relativamente cerca. Salimos pues de la casa con rumbo al kínder. Íbamos despacio, no a gran velocidad, habíamos avanzado apenas unos escasos trescientos metros de la casa, cuando ella por accidente, mete el pie en la llanta delantera, dando la pauta para que la bicicleta frenara abruptamente e inmediatamente salimos catapultados hacia adelante y ambos impactamos en la calle. Yo pasé volando encima de mi hija y aterricé en la calle con el hombro izquierdo. Inmediatamente levanté la mirada para ver que había sido de mi hija.

Como todo padre y protector, mi atención se enfocó en ella, en saber cómo estaba, si tenía alguna lesión grave, y dejé de poner atención a mi persona ya que mi hija lloraba mucho. Al verla llorando y gritando corrí hacia ella y la abracé y empecé a revisar su cuerpo para ver qué tenía, ya que su llanto no cesaba. Quise cargarla en mis brazos para llevarla a casa. De ahí en adelante comenzó mi calvario, al intentar levantarla, mi brazo izquierdo no tuvo la suficiente fuerza como para ejecutar la acción que yo le pedía que hiciera, y como yo estaba con el calor del golpe no sentía mayor cosa y no le tomé importancia y decidí cargarla con mi otro brazo, para caminar de regreso a casa. Quiero que se traslade a la escena. A unos escasos metros de mi casa, no había avanzado mucho, todo esto se desarrolla en cuestiones de minutos, no más de tres minutos después de haber salido de casa.

Y recuerdo que en mi angustia llamaba a gritos a la mamá de mi hija para que saliera a encontrarnos y me ayudara con ella.

Créame que para mí esos escasos metros se convirtieron en kilómetros con mi hija en los brazos. Cuando finalmente sale la mamá a encontrarnos le cuento lo sucedido.

Y pues lo de mi hija no fue mayor cosa, gracias a Dios no se le fracturó su tobillo en los rayos de la bicicleta ni se fracturó ningún hueso en la caída, solo un pequeño raspón en su mejilla que con el tiempo se le quitó y no le ha quedado cicatriz alguna.

Pero en mi caso, como yo fui el que recibió la mayor parte del impacto, me encontraba mal de mi brazo izquierdo, y sin perder más tiempo empiezo a dialogar en mi interior con Dios, del porqué de esta situación y como siempre la mala formulación de la pregunta, ¿porqué a mí? Cuando en vedad sería mejor decir ¿Para qué, Señor?

Pasan unos minutos más y yo sin poder mover mi brazo y con un dolor insoportable; por fin mi hija se calmó y cesó el llanto, y empecé a buscar la forma de irme al hospital y ver así lo que en verdad podía tener en mi brazo, ya que a ciencia cierta no sabía nada, pero tenía un dolor tan fuerte en mi brazo, específicamente en el hombro, que era insoportable.

Salgo nuevamente a la calle para buscar un taxi que me llevara al hospital.

Y así fue, logré encontrar a uno y me llevó al hospital, y para sumar más lágrimas a mi dolor, cuando llego a la clínica me dicen que ellos no pueden ver ningún tipo de emergencia y que por tal razón hay que trasladarme al hospital nacional de Chalatenango. Era tanta mi desesperación y angustia que les pedí si había alguna forma de menguar o quitar el dolor que tenía.

Respondieron que lo único que podían hacer era inyectarme, pero que no había doctores de turnos más que una "ginecóloga"

Y…. si, hice lo que usted se está imaginando, pedí que le hablaran a la ginecóloga para que me inyectara.

La ginecóloga muy amablemente procedió a inyectarme y como no había cama disponible me dijo: - Inclínese un poco en el escritorio… y el resto de la historia usted ya la puede imaginar.

Pero esto no termina ahí, el cuento sigue y se pone más interesante; cuando llego al hospital nacional de Chalatenango, como todo hospital del sistema público de nuestro país, la gente que arriba al área de emergencia tiene que llegar literalmente con las tripas o vísceras de fuera para que los "doctores" lo consideren una emergencia, de lo contrario no es emergencia para ellos, y por lo tanto está obligado a esperar un rato en las sillas del hospital. A todo esto, gracias a Dios y a la ginecóloga, el dolor había menguado un poco, no así mi diálogo con Dios, acerca del porqué de semejante situación en mi vida.

Finalmente llegó mi turno de pasar con el médico; al verme comenzó a hacer una serie de chequeos para ver cuál era mi situación e inmediatamente me dijo que tenía que hacerme una radiografía. Me pasan a la sala de rayos X para la radiografía y… ¡bingo!

Tenía una "luxación en mi hombro" y se requería una cirugía. El hombro se había zafado de su parte que lo mantiene a línea con el brazo y fue por esa razón que en el momento que quise cargar a mi hija no pude hacerlo.

Hermano y amigo, quiero que nos queden bien claras estas palabras.

Nada ocurre sin que Dios no lo permita.

Y como ni usted ni yo somos la excepción de la regla algo nos va a ocurrir tarde o temprano si seguimos actuando de la manera que lo estamos haciendo.

Después que el doctor obtuvo los resultados y me dio el diagnóstico antes mencionado, me vendó el brazo pegado al cuerpo para que no se me anduviera moviendo, y así, cuando me trasladaran al hospital de San Salvador donde me practicarían la cirugía, no sufriera tanto dolor.

Póngamele pausa a mi experiencia y ahora hablemos un poco de cuando nos hacemos llamar "cristianos". Hay una frase que me encantó cuando la leí y se las quiero compartir, dice así: *cuando tu testimonio habla, las palabras sobran.*

Los cristianos tenemos muchos errores como cualquier otra persona sobre la faz de la tierra.

La parte medular del asunto es que cuando venimos a los pies de Cristo es necesario que dejemos nuestra vana manera de vivir y empecemos a dar signos dignos de arrepentimiento, ya que de lo contrario podemos pasarnos toda una vida en la iglesia y dándonos golpes de pecho, diciendo cualquier cosa que se nos venga a la mente, pero si las personas no creyentes y demás hermanos no ven cambios sustanciales en nuestras vidas, nos estamos engañando a nosotros mismos y con nuestro testimonio estamos mandado cada día más y más gente al infierno.

Tal vez usted dirá ese no es mi caso, mi testimonio está bien. Veamos entonces la parte que no le hemos entregado a Dios, piense por un momento cual será esa parte oscura en nuestro interior que no le queremos entregar a Dios. En mi caso era mi carácter. ¿Cuál será el suyo? Nosotros tendemos a creer que los pecados solo son aquellos que se nos enseñaron en la iglesia tradicional y que solo son siete: *la lujuria, la gula, la avaricia, la pereza, la ira, la envidia y la soberbia.*

No se equivoque amigo y hermano, para Dios no hay solo siete pecados y mucho menos pecados pequeños y grandes, pecado es pecado ante los ojos de Dios sea cual sea.

Yo tenía un diálogo interno con Dios, creía que estaba haciendo las cosas bien, pero en realidad no era así, y como mi caso, habrá muchas personas que hoy en día actúan como actúan. No estoy justificando nada, más bien quiero que seamos más tolerantes y ver de qué forma podemos ayudar a los demás antes de juzgarlos. Es ahí donde nace la importancia de no juzgar a los demás y ser más empático con todos, ya que no sabemos el día de mañana donde estaremos nosotros. O mejor dicho si estaremos en sus zapatos.

Habrá entonces que ahorrar en el banco del cielo y tener crédito para cuando lo necesitemos.

Sigamos entonces con mi dolor de brazo y mi triste realidad.

Luego que el doctor del hospital nacional de Chalatenango me lo vendara, ese mismo día por la tarde me pude trasladar hacia el hospital nacional del Seguro Social en San Salvador, ya que solo ahí me podrían practicar la cirugía requerida. Pero lo interesante de todo este proceso fue que el efecto de la inyección ya me había pasado, y hasta como a eso de las nueve de la noche me pudieron practicar la cirugía. Haga números, desde las siete de la mañana hasta las nueve de la noche habían transcurrido no pocas horas, ahora imagine el dolor que estaba pasando.

Lo bueno es que todo ese día estuve dialogando con Dios.

Hay momentos en la vida que creemos que lo que Dios hace no tiene sentido, pero tranquilo mi amigo y hermano porque Dios no improvisa nada, Él tiene todo bajo control y en muchas ocasiones trabaja en silencio.

Es bien doloroso cuando estamos en un proceso de cambio, y digo cambio porque hasta ese entonces yo no entendía el porqué de cada situación que me acontecía, créanme, para mí fue bastante doloroso ese proceso, en el momento que estamos en el ojo del huracán o en medio de la tormenta no alcanzamos a dimensionar lo que Dios quiere decirnos.

Y es ahí donde las personas que nos rodean ocupan un papel muy especial y sobre todo guiado por Dios para ver las cosas tal cual son. Pues en mi caso particular, Dios ocupó a la mamá de mi hija, y ella me dijo unas palabras que quedaron grabadas en mi mente y corazón y hoy las dejo plasmadas en este libro.

Un día, durante una de esas platicas de la tarde después de tomar un café, mientras veíamos jugar a nuestra hija, comentábamos de cuantos problemas habíamos atravesado a lo largo de casi diez años con ella; pero a todo esto "Yo" siempre poniéndome como el súper héroe de la película, y en medio de balazos, caídas accidentes y demás golpes, todavía seguía ahí en pie de lucha. (Eso era lo que yo decía en mi interior) pero mi realidad difería mucho con la de ella, y como yo no dejaba de hablar, ella me paró en seco y me dijo con una voz un tanto suave y serena, pero a la vez siendo enfática y precisa en lo que decía: "mira Enrique, si hablamos de todo eso que tú dices que has pasado, también quiero decirte algo que tal vez no habrás notado, pero la verdad es que yo sí. Pues te diré, si no fuera por esos golpes que decís, que has pasado durante todo este tiempo, no serías el ser humano que hoy eres, o, más bien dicho, no habrías transformado tu carácter".

Yo solo la vi fijamente a los ojos y no sabía que decir, porque eso fue como echarle a una herida un poco de alcohol o como cuando nos cae el agua fría de la ducha mientras nos bañamos.

Si me pregunta que fue lo que pasó por mi mente en ese momento, con toda seguridad le puedo decir que, después de sentirme en "shock" a nivel corporal, experimenté una mezcla de emociones y sentimientos encontrados, ya que como comentaba hace algunos párrafos "Yo" creía que estaba haciendo las cosas bien. Pero la verdad de todo esto era que mientras no hagamos las cosas como son, quiero decir, la voluntad que Dios manda, seguiremos equivocados.

Y los errores mi amigo y hermano, se pagan muy caros en la vida, yo me hubiese podido evitar esa cirugía, si tan solo hubiera acatado la voz de Dios desde el principio.

También quiero que sepa que con mi carácter y mis malas decisiones estaba arrastrando a mi familia, y no hablemos de las oportunidades que perdí durante todo ese tiempo.

Ahora le pido que se ponga en mi lugar por un momento. Dios estaba tratando conmigo pero yo no quería entender; lo lamentable de todo esto es que Dios es un especialista en tocar donde más nos duele.

A mi hija le pudo haber pasado algo peor con la caída de la bicicleta, pero por su gracia y misericordia no fue así, ya que el principal objetivo para Él era yo.

Ahora bien, quiero ser claro en esto y bastante enfático con lo que le voy a decir, y es que si no seguimos las instrucciones que Dios quiere que sigamos tal y cual Él dice, vamos a tener serios problemas, ya que Dios tampoco hará la excepción contigo o con tus seres queridos, si es que Él quiere llamar tu atención y eso incluye hijos y cónyuges.

¿En verdad amas más tu mal carácter antes que a Dios? si ese es tu caso, prepárate a ser un mártir de la historia porque Dios te hará entender tarde o temprano.

Ahora yo te pregunto, ¿Cuál es tu límite? ¿Hasta dónde quieres que Dios llegue tratando contigo? Entendí hasta donde llegaban mis fuerzas bajo dos situaciones difíciles. Quizá descubras tus límites de una manera peor. Probablemente no vas a estar en una cárcel o mucho menos tener una cirugía, pero una cosa si te puedo decir con toda seguridad; si sigues haciendo lo que haces e ignorando el llamado de atención que Dios está haciendo a tu vida.

¡Sufrirás mucho!

La vida hermano y amigo no es fácil, pero tampoco difícil, solo depende de las decisiones que tomemos y por ende siempre traen repercusiones, sean buenas o malas.

Lo que sí le puedo garantizas son dos cosas: la primera, nadie va a salir vivo de este mundo. La segunda, nadie se va a ir de este mundo sin pagar por las cosas que ha hecho, ya sean buenas o no tanto.

Ahora ponga su nombre en cualquiera de estas circunstancias; una migraña, cáncer, pérdida de un ser querido, divorcio, abandono de padres, violación, necesidades económicas, maltrato físico o emocional etc. Usted ponga su situación o problema y verá lo bien que encaja.

Valdría la pena recapacitar por un momento y pedir a Dios que tenga misericordia de nosotros, y como decía mi pastor general: *que Dios nos de sabiduría para que con poquito entendamos las cosas que Él nos quiere decir,* y así no salir tan golpeados con experiencias como las que yo tuve que pasar para comprender.

Fue hasta entonces, con esa frase lapidaria en labios de la madre de mi hija, que comprendí por qué Dios estaba detrás de todos los acontecimientos que me sucedían. Sus palabras quedaron clavadas en mi mente y corazón hasta hoy, y creo que por el resto de mi vida.

Por el momento todo suena bien, pero la verdad es que antes de terminar de leer este libro quisiera que usted se tomara unos minutos de reflexión. Precisamente en el próximo capítulo hablaremos un poco acerca de qué hacer cuando estamos pasando por una situación de esta índole, y también hablaremos del perdón, ya que este juega un papel muy significativo en la vida de cada ser humano.

Ahora que ya hemos sentando las bases en los capítulos anteriores, de aquí en adelante se nos hará más fácil comprender muchas cosas que nos acontecen, en palabras un tanto más sencillas, *atar los cabos sueltos.*

En este capítulo básicamente he tratado que las experiencias que viví le sirvan de referencia. Si usted no quiere prestar atención a las palabras que estoy escribiendo. ¡Ya es un trato, entre usted y Dios!

Y hay muchas más historias a las cuales hacer referencia, no crea que estas son las únicas, simplemente estoy tratando de señalar las más sobresalientes o las que marcaron más mi vida.

El problema de muchos cristianos y demás personas es que creemos que Dios es un Dios amoroso y que solo es ternuritas y caricias con sus hijos. ¡No se equivoque! Al hijo que Dios ama también lo disciplina: "porque el Señor al que ama, disciplina, y azota a todo el que recibe por hijo."(Hebreos 12:6)

Y es ahí donde se manifiestan las dos caras del Amor de Dios. Una es la de un Dios bueno y amoroso, pero la otra es corregirnos cuando estamos actuando de una manera equivocada o ignoramos sus mandamientos y estatutos.

Es en este contexto donde cabe uno de los principios fundamentales del cristianismo: *los principios cristianos NO SON NEGOCIABLES"*

Y es que debemos de entender que Él hace todo por amor a nosotros, aunque en ese momento nosotros no tengamos ni la más mínima idea del porqué de las cosas, ya que nuestra mente es demasiado finita como para entender la grandeza y la soberana voluntad de un Dios como el nuestro.

También vale la pena aclarar y no confundir la voluntad permisible de Dios, con la perfecta voluntad de Dios.

Son dos cosas totalmente diferentes, ya que Él siempre cumplirá su absoluta y perfecta voluntad en nuestras vidas antes que conceder o permitir nuestros caprichos y deseos pecaminosos, puesto que la vida del ser humano siempre estará inclinada a hacer lo malo antes que servir a su propio Creador.

Lo que pude aprender de esta experiencia fue que soy tan débil como cualquier persona y que Dios siempre va a cumplir sus propósitos en cada una de nuestras vidas, por tanto no le topemos la cuerda a Dios.

Si hacemos un pequeño resumen de este capítulo veremos por las diferentes dificultades que pasé y que solo hasta ese entonces comprendí que es Dios quién siempre tiene la razón y la última palabra, que lo que yo piense o diga a Dios le tiene sin cuidado, Él sigue siendo Dios con o sin nosotros, inmutable fuerte y soberano.

Estar en los zapatos de las personas con un carácter fuerte no es fácil, pero no imposible de cambiar.

Para mí no es cómodo ventilar mi vida personal a usted amigo y hermano lector.

Pero con uno de todas las personas que lean este libro y sienta que Dios le ha hablado a su vida a través de mis palabras y decida volverse a Dios, entonces me sentiré satisfecho, y podré decir que valió la pena todo este esfuerzo y las cicatrices que llevo en mi cuerpo.

En el siguiente capítulo veremos la salida a este problema, ya que contiene información fundamental y crucial para la vida del ser humano, hablaremos del perdón.

Creo que no vale la pena haber llegado hasta este momento y dejarle a medio andar nuestro problema, habiendo identificado el origen del problema, escuchado las indicaciones de Dios al oído y haber experimentado en carne viva todas las experiencias.

Eso sería como un trabajo a medio terminar.

Así que en el próximo capítulo estaremos dando la salida a este problema hablando del perdón y con la ayuda de Dios y la guía de su Espíritu Santo saldremos adelante.

"No esperes estar en mis zapatos, sigue usando los tuyos".

IV

Y AHORA QUE HAGO

Estas palabras son muy comunes entre los creyentes y no creyentes: ¿y ahora qué hago?

Se pueden usar e interpretar de muchas formas, por ejemplo, cuando estamos en una situación de emergencia, cuando terminamos un trabajo, cuando salimos de la universidad, cuando estamos en una situación incómoda, cuando terminamos una relación, matrimonio, noviazgo, etc.

En fin, son muchos significados que le podemos dar a una misma palabra.

En mi opinión personal, la vida hay que vivirla en base a prioridades y metas a alcanzar, ya que cuando tenemos claros nuestros objetivos en la vida, las metas serán cumplidas con mucha más facilidad.

Más aún si ponemos a Dios antes que todas las demás cosas, ya que cuando tenemos a Jesús en nuestro corazón la vida tiene otro giro.

Una persona que tiene un encuentro genuino con Dios, jamás volverá a ser la misma, y por ende sus prioridades de vida cambian radicalmente.

Hemos visto a lo largo de los tres capítulos anteriores el origen o algunas causas del mal carácter y sus respectivos aliados; así también vimos, mediante mis experiencias, que Dios nos habla al oído claramente y que somos nosotros los que no queremos oírle y nos hacemos los sordos. Y luego, en el capítulo tres, pudimos ver que solo la persona que se encuentra en este tipo de situación sabe la lucha interna que está teniendo consigo misma.

Entonces cuando ya tenemos todas las piezas del rompecabezas en la mesa vamos a proceder a darle forma e ir poniendo cada pieza en su lugar.

Ahora nos vamos a enfocar en algo muy importante que es en buscar la salida.

A lo largo de mi vida siempre he luchado con mi carácter y hasta la fecha lo sigo haciendo, cada día que pasa, lucho por ser mejor.

Digo esto de la luchar a diario porque mientras estemos en este mundo y en este cuerpo pecaminoso, tendremos una lucha interna con nuestro propio ser, que nos asecha a diario, ya que el hombre está siempre inclinado a hacer el mal por naturaleza.

Debemos de tomar en cuenta que es necesario que nos involucremos más con Dios, tanto en oración como en la lectura de su palabra; solo de esta forma podremos avanzar con esta situación. El apóstol Pablo nos regala una buena sugerencia: *con Cristo estoy juntamente crucificado, y ya no vivo yo, mas vive Cristo en mí; y lo que ahora vivo en la carne, lo vivo en la fe del Hijo de Dios, el cual me amó y se entregó a sí mismo por mí* (Gálatas 2:20).

Si acatamos la recomendación del apóstol entonces Dios pondrá en nuestros corazones el querer como el hacer por su buena voluntad, eso es por la parte espiritual, pero no está de más el examinarnos a nosotros mismos mediante una *introspección*. Es decir, algo así como un inventario moral de nuestra vida.

Por lo que más quiera sea honesto consigo mismo. Por favor, no se vaya a asustar con lo que encuentre en su interior.

Mediante esta práctica es donde Dios habla a mi corazón y pone el sentir en mí que tengo que disculparme con las personas a las cuales pude haber ofendido, ya sea con o sin razón alguna.

Obvio que no es fácil para una persona hacer eso, pero créame que con la ayuda de Dios se puede concebir eso y muchas cosas más. Tampoco sucede de la noche a la mañana, todo lleva un proceso y algo de tiempo.

Quizá para algunos tomará un poco más de tiempo, y más aún cuando se enfrente con problemas de distancia o que la persona a la cual tiene que pedir disculpas ya falleció, entre otros contratiempos, pero tranquilo, que lo importante aquí es que Dios está de nuestro lado y Él conoce las intenciones de tu corazón y Dios siempre sigue teniendo el control de todas las cosas y preparará el día y la hora indicada para que usted actué y haga lo que tenga que hacer.

¿A dónde quiero llegar con todo esto?, en primer lugar, al hecho de que en nuestras vidas hay cosas tan importantes como la salud emocional, la cual juega un papel crucial en la vida del ser humano, y luego, que si profundizamos un poquito más en el tema nos daremos cuenta que de lo que más carece el ser humano en general es de su falta de perdón.

En otras palabras, para ir adentrándonos en el tema ya de forma específica, me viene a la memoria una persona que un día dio su testimonio en una iglesia a la cual me había invitado un buen amigo. Ella hacía énfasis en las raíces de amargura que alberga nuestro corazón cuando no perdonamos, y decía lo siguiente: "el día que decidí perdonar a mi ex-esposo fue cuando él estaba en su lecho de muerte en el hospital. Cuando supe de su situación me dije en mi corazón, ahora es cuando yo tengo que perdonarlo a él, antes que muera."

Y la señora hace todos los arreglos y se traslada hasta el lugar donde se encontraba su ex esposo en la sala del hospital.

"Lo vi fijamente a los ojos y le dije: ¿sabes qué?, te perdono por lo que me hiciste hace años atrás".

Para sorpresa de esta "hermanita en Cristo" y de todos los que escuchábamos su testimonio ,el ex marido la miró igualmente a los ojos y le habló con ternura:"pues mira, yo también hace años te perdoné y todo este tiempo atrás he estado tranquilo y he dormido muy bien y mi conciencia está en paz con esa situación".

Que sorpresa la de esta hermana al saber que era ella la que pasó todo ese tiempo alimentando el rencor y con raíces de amargura en su corazón y creyó que la otra persona estaría igual que ella.

Ahora te hago la pregunta.

¿Será que tú estás en la misma posición de la hermana?

La vida nos da sorpresas, y el odio, el rencor y la amargura son cosas que solo se alojan en el corazón de las personas que le abren las puertas y les dan donde vivir.

Es por eso que no hay que ir posponiendo las cosas para más tarde, sino más bien darnos prisa para sacar todo lo malo que hay en el corazón, ya que de seguir con eso en nuestras almas tarde o temprano llegaremos a un estado de muerte, y no hablo de muerte física, hablo de una muerte espiritual, de insensibilidad emocional, de vivir muertos en vida.

En otras palabras, y para que se entienda mejor lo que le quiero decir, muchas personas que caminan y se mueven entre nosotros pasan por este mundo sin tener un sueño y mucho menos una meta a donde querer llegar, y si le sumamos las raíces de amargura, odio y rencor, esta persona está muerta emocionalmente, aunque clínicamente el corazón siga irrigando sangre a todo su organismo.

Es por esa razón que esas personas están muertas en vida, les da lo mismo sábado que jueves, y como dice un amigo por ahí "cualquier bus les queda bien", no saben qué hacer con sus vidas y si les hablamos de verse en el futuro dentro de "X" años no saben cómo responder.

Es por eso que no podemos ir posponiendo las cosas para mañana, e ir dejando que el tiempo pase. Hay un dicho popular que en lo personal no me gusta, pero muchos lo aplicamos inconscientemente: "Hay más tiempo que vida" Tenemos que dejar de ser personas procrastinadoras(*es la acción o hábito de retrasar actividades o situaciones que deben atenderse*). En el mundo secular tal vez sea válido o les funcione, pero en el ámbito cristiano eso no aplica.

Un corazón con amargura es un corazón que no tiene paz consigo mismo y mucho menos con las personas que lo rodean. Siempre estará en una guerra continua con todo el mundo. Ya que es en el corazón donde se albergan las emociones, sentimientos y la voluntad del ser humano.

Y estas personas con raíces de amargura y falta de perdón muchas veces lo reflejan en su rostro de una manera espontánea y rara vez pueden fingir.

También hay otros puntos muy importantes que se deben tocar en este capítulo y hay que tener claro algunos conceptos básicos acerca del perdón y obviamente el significado del mismo y los tipos de perdón que existen, no que sean los únicos, pero sí los más frecuentes.

Vamos a comenzar por dar un concepto o definición básica del perdón, esto es tomado de un diccionario secular.

Perdón: *es la acción de perdonar, un verbo que hace referencia a solicitar u otorgar a alguien la remisión de una obligación o una falta. Antes del momento del perdón, la persona que lo solicita debe estar arrepentida, mientras que el perjudicado por la falta tiene que estar dispuesto a dejar el problema atrás.*

Usted se estará haciendo la pregunta que si el tema de este libro es el carácter porque estamos hablando del perdón. Déjeme decirle que una cosa nos lleva a la siguiente; en otras palabras, nuestro carácter muchas veces está relacionado con la falta de perdón.

Ahora que ya hemos identificado parte del problema, debemos darle su tratamiento, es decir que, si ya identificamos las áreas o zonas malas de nosotros, solo nos restar sanar o reparar las mismas.

Dicho de otra manera, no tiene caso que vayamos donde el médico y que nos dé el diagnóstico de la enfermedad y nos extienda la prescripción del medicamento a tomar y cuando salgamos de la consulta tirar a la basura la prescripción que él nos dio.

Más bien, si hiciéramos eso, como que suena un poco sacado de razón. Por tal motivo hoy iremos a donde el especialista, "Jesús", nuestro salvador, para que Él sane nuestras heridas y cambie nuestro corazón.

Habiendo presentado a Jesús como el especialista en perdonar comprenderemos que es de Él que se deriva la raíz u origen del perdón.

Cabe aclarar que el perdón también lleva o tiene implícito el agradecimiento, ya que fue nuestro Dios el que nos perdonó a nosotros primero, llevando nuestras ofensas y enfermedades en el madero, tal y como lo dice la Biblia: *Ciertamente llevó Él nuestras enfermedades, y sufrió nuestros dolores; y nosotros le tuvimos por azotado, por herido de Dios y abatido. Mas Él herido fue por nuestras rebeliones, molido por nuestros pecados; el castigo de nuestra paz fue sobre Él, y por su llaga fuimos nosotros curados. (Isaías 53:4-5)*

Es por tan grande amor y perdón que nos vemos confrontados con nuestro Dios para hacer uso de este recurso tan maravilloso como lo es el perdón y ser así imitadores de Cristo.

Entonces podemos decir lo siguiente, que a nosotros nos alcanzó la multiforme gracia redentora de Dios la cual nos cubrió con su misericordia y perdonó así nuestra diversidad de pecados y faltas que habíamos cometido.

Y si eso fuera poco nos ha perdonado los pecados presentes, pasados y futuros en la cruz del Calvario.

Creo que eso ya es motivo suficiente como para perdonar a las personas que nos han ofendido y a las que nosotros también hemos ofendido, ya sea con o sin razón alguna, para la salud mental y emocional nuestra y de los seres que nos rodean.

Después de que usted haya hecho todo esto, algo si le puedo garantizar; dormirá con mayor tranquilidad. Ya que en un momento veremos los problemas que trae a su salud el no perdonar.

Para que tenga una idea más clara de lo que le estoy hablando veamos las repercusiones que la falta de perdón trae a su salud:

Dolor crónico de espalda, pérdida de la memoria, aumenta la presión arterial y problemas cardíacos, jaquecas, insomnio, neurosis, problemas de úlceras, entre otros.

Y si hablamos de la apariencia física de las personas, habrá muchas que caminan entre nosotros que en sus rostros reflejan que no hay paz y mucho menos que Dios es el centro de sus vidas. Un pensador muy reconocido en el ámbito secular dijo lo siguiente:

La persona que no está en paz consigo misma, será una persona en guerra con el mundo entero.

Entonces nosotros que somos conocedores y seguidores de Jesús, con mucha más razón tenemos que tener paz en el corazón.

Sigamos, pues, hablando de la relación entre el carácter y perdón.

Para comprender mejor la relación que existe entre el mal carácter y el perdón quiero relatarle un testimonio de una persona que hace varios años atrás tuve la oportunidad de conocer y creo que es la mejor ilustración que se me viene a la mente en este minuto.

Se trata de una señorita a la cual no le gustaba relacionarse con los demás chicos de su edad y cuando tenía un pretendiente actuaba de manera defensiva y no dejaba que nadie se le acercara; en cierta oportunidad tuve el gusto de hablar con ella cara a cara y la noté un tanto triste.

Entre todas las cosas que hablamos me cuenta qué se sentía triste y la razón era que había cortado su relación de noyiazgo con el caballero que estaba saliendo.

A mí me pareció interesante la plática. Ella empezó a decir lo mal que se sentía y que, por su culpa, su novio de más de un año se había separado de ella y no quería estar más en esa relación con ella.

En medio de toda la plática la chica me confesó que lo había tratado mal, y que en muchas ocasiones le había gritado, trayendo como resultado la culminación de dicha relación. Yo le escuchaba atentamente, pero en mi interior, yo decía: "aquí hay algo que no me cuadra."

Cuando indagamos más en el tema de su relación con el novio sus ojos comenzaron a ponerse llorosos, y le pregunté que, si quería que siguiéramos hablando del tema, a lo cual ella me responde muy amablemente que sí, que no había problema alguno en seguir platicando sobre el asunto.

Era notorio que en ese momento ella quería sacar algo más que había en su corazón y no era precisamente su mal carácter.

Me comentó que cuando su novio se acercaba a ella para abrazarla, ella sentía repudio hacia él y no se sentía cómoda, y en ocasiones le decía que mejor se fuera y que lo vería al día siguiente, y en muchas ocasiones con un tono de voz un poco irritado.

La verdad, poniéndome en los zapatos del novio, creo que fue muy valiente para soportarla todo ese tiempo.

Entonces le hice la siguiente pregunta:

— ¿Hay alguien que te ha hecho daño a lo largo de tu vida, o en tu infancia para que tú actúes así? ¿En tu casa, tus padres te decían que no hacías nada bien o te maltrataban?

Para mi sorpresa, las lágrimas rodaron por sus mejillas y con su voz quebrantada me dice: "Kike, cuando yo estaba pequeña hubo un primo que tocaba mis partes íntimas, en repetidas ocasiones, y aunque yo le decía que no lo hiciera, él se valía de su edad porque era mayor; marcando así mi vida y robándome lo más preciado que puede tener una niña que es "la inocencia". Por dicha razón es que yo tomo represalia contra los hombres".

En ese momento le dije que solo el perdón de Dios puede cambiar ese tipo de situaciones y que por más que ella siguiera huyendo de su realidad con los hombres eso no transformaría su manera de pensar y de ver las cosas; que la única forma de salir de ese estado donde se encontraba era teniendo un encuentro personal con Dios y pedirle que cambiara su corazón, haciendo de ella una nueva criatura.

Hicimos una oración corta en la cual le pedimos a Dios que cambiara su carácter y que le diera el perdón que solo Él puede dar al ser humano y a la vez le diera la capacidad de ver a los ojos a la persona que la había ofendido y poderla perdonar.

Es por eso y muchas cosas más que puedo decirle que el mal carácter en varias ocasiones está ligado con acontecimientos que hemos atravesado a lo largo de nuestra vida, y obviamente, estos traen repercusiones en las edades adultas.

Terminamos la oración, y le pregunté cómo se sentía después de haber confesado eso que tanto daño le hacía. "La verdad nunca creí que contar esto me haría sentirme mejor".

He hablado con ella en algunas ocasiones más y me ha manifestado que se siente muy bien y que solo Dios pudo darle la paz y la tranquilidad que ella estaba buscando después de haber hecho aquella oración.

Ahora le hago las preguntas ¿lo han tratado mal en su casa cuando estaba pequeño? ¿En su matrimonio, lo tratan mal? ¿En su trabajo su jefe lo denigra y le dice que usted es incompetente? Y por eso usted alberga toda esa información en su corazón y cuando llega a casa canaliza de manera errada su ira o mal carácter con sus familiares y amigos.

Hermano y amigo, creo que sería mejor para nuestra salud mental y física olvidarlas cosas que marcan nuestras vidas. Como en el caso de la persona del testimonio anterior.

Y la mejor manera de olvidarse de los eventos que nos han marcado es que las cosas que nos ocurrieron son porque Dios tiene un propósito para nuestras vidas, aunque en este momento no lo veamos de esa manera.

La otra forma más rápida y sencilla es abriendo nuestro corazón a Dios, y permitirle que el gobierne nuestra vida, ya que por más terapias que asistas, o veas a los mejores psicólogos y motivadores, no encontrarás la paz y tranquilidad que tú necesitas.

Quizá en el momento te sientas bien o mejor, pero todo eso será algo efímero. Y cuando vuelvas a tu realidad te sentirás como al principio.

Ya que la especialidad de Dios es cambiar nuestro corazón y darnos paz.

Que el pasado sea un lugar de referencia, mas no de residencia.

La vida no se termina cuando alguien nos hace daño, o se va de nuestras vidas la persona que tanto queremos, porque nos abandona, o en el peor de los casos, muere un ser querido, claro que eso no es así. Se trata de circunstancias del diario vivir a las cuales todo ser humano está expuesto.

Es por eso que debemos hacer nuestra la frase anterior, los eventos tienen que servir como un punto de referencia, ya que la verdadera meta de la vida es: "seguir avanzando"

No vale la pena recordar acontecimientos que son contraproducentes para nuestro desarrollo personal y secular, no vale la pena recordar nada de eso.

Es tiempo de pasar la página y escribir una nueva historia de nuestra vida.

Como lo dije hace un momento, vuelve tu mirada a la cruz, solo allí hay Salvación, Paz y Perdón.

Es por eso que hoy en día debemos de ser más empáticos con las demás personas, ser tolerantes, ya que no conocemos el trasfondo de cada uno, y mucho menos las batallas internas que cada quien está peleando. No etiquetemos a las personas por una expresión o mal gesto, creo que sería mejor que a partir de hoy pagáramos con una sonrisa todas aquellas malas miradas o expresiones que nos han hecho.

Pesemos por un momento cuanta maldad hay en la tierra, como para que nosotros sigamos abonando eso.

Aprendamos a viajar livianos por el camino de la vida y aprendamos a convivir unos con otros, ya que estaremos por un buen tiempo junto aquí en este mundo. "Ya dejemos de existir y comencemos a vivir"

Solo de esa forma estaríamos siendo de beneficio a este mundo, y dejando un buen legado a nuestros hijos y demás personas que nos rodean.

El perdón es como la llave a nuestra libertad, y el mayor ejemplo del perdón lo encontramos en ese madero del cual colgó nuestro señor y salvador Jesús.

Hay dos preguntas que quiero hacerle relacionadas con este tema del perdón y por favor analice antes de contestar, tome agua y relájese.

¿Qué es más difícil, perdonar? O ¿pedir perdón?

Contéstese así mismo por ahora, que más adelante hablaremos al respecto, mientras tanto hablemos del primer y más importante perdón:

"El Perdón De Dios"

Muchas veces le fallamos a Dios, que es el creador de todo y juez del universo. Y Dios, a pesar del cargo que ostenta como juez no se complace en juzgar, sino más bien siempre está en la disponibilidad de ofrecernos de su perdón y su amor.

Uno de los principales objetivos de Jesús al venir a la tierra fue precisamente el de Perdonar. Dios nos quiso amar y nos envió la solución para nuestros pecados. La solución es Jesús, el Hijo de Dios, quien murió en la cruz para derramar su sangre y perdonarnos.

Mas Dios muestra su amor para con nosotros, en que, siendo aún pecadores, Cristo murió por nosotros. (Romanos 5:8)

Y es en ese tan grande acontecimiento como el derramamiento de su preciosa sangre que nos limpia de todo pecado.

No te culpes más si le fallaste a Dios, la sangre de Jesucristo nos limpia de todo pecado tal y como lo dice la Biblia, no importa qué clase de errores hayas cometido; Dios siempre tiene una salida para todo y te espera con los brazos abiertos.

Venid luego, dice Jehová, y estemos a cuenta: si vuestros pecados fueren como la grana, como la nieve serán emblanquecidos; si fueren rojos como el carmesí, vendrán a ser como blanca lana. (Isaías 1:18)

Es en este texto que caben todos y cada uno de nuestros pecados. Siempre y cuando haya en nosotros un acto de arrepentimiento genuino (cambio de dirección) tienes asegurado el perdón de Dios. Él así lo dijo, lo prometió, y, por tanto, lo cumplirá.

No importa la falta que hayas cometido y mucho menos cuándo la hiciste, para Dios no hay lugar, tiempo ni espacio, Él es un Dios que vive en la eternidad y en un presente continuo. Y las faltas o pecados que te asedian ya están pagados en la cruz, tu deuda ya está pagada con aquellas palabras grandiosas que Él dijo en la cruz.

Cuando Jesús hubo tomado el vinagre, dijo: consumado es. Y habiendo inclinado la cabeza, entregó el espíritu. (San Juan 19:30)

Por tanto, podemos concluir diciendo que la deuda ya fue pagada. Luego de experimentar el perdón de Dios quiero que veamos el próximo perdón que debemos de practicar:

"Perdonarse a sí mismo"

Hay situaciones de las cuales no nos sentimos orgullosos y nos producen tristeza o vergüenza los hechos que hemos cometido en el pasado y más si son humillantes, nos denigran y en muchas ocasiones nos hacen sentirnos como lo más bajo que existe en el mundo. Esta clase de fallas o errores requieren de un auto-perdón.

¡Perdónate! Nadie es perfecto, perfecto solo Dios.

La misma esencia defectuosa propensa a fallar que existe en ti también existe en todos los seres humanos; deja de culparte y auto flagelarte por cosas que pasaron y que jamás podrás cambiar. Perdonarte a ti mismo es aceptar con humildad tu condición como ser humano, con tus cualidades virtudes y defectos. Cuando reconozcas tu condición de humano y el rol o papel que desempeñas como tal, te será más fácil reconocer que no eres perfecto, y ese será el motor que te impulsará a mejorar cada día.

Este perdón es uno de los principales o fundamentales para que tú puedas salir adelante, ya que cuando lo experimentes te dará la llave a tu libertad, habrás adquirido de parte de Dios la salida que tú estabas buscando desde hacía mucho tiempo.

¿Por qué es importante perdonarte a ti mismo? La razón es simple y sencilla. ¡Tú no puedes dar a los demás algo que no tienes! En otras palabras, si no te has perdonado a ti mismo no puedes perdonar a otros.

El tercer y no menos importante que los anteriores es:

"Perdonar a otros"

Las heridas duelen y a veces mucho. Alguien dijo: "la mejor venganza es el perdón."La Falta de Perdón te Auto-Esclaviza. Te lastimas a ti mismo, cuando no perdonas creas heridas en tu mente y corazón, heridas tan profundas que, si no las curas jamás cicatrizarán, y quien mejor para conocerlas que tú mismo.

Y aunque te vistas de una falsa identidad diciendo que ya has perdonado, si cuando vez a la otra persona se te revuelve el estómago y sientes un nudo en la garganta, amigo y hermano, te es necesario nacer de nuevo. Y dejar que sea Dios quien sane y de una cicatrización pronta a todas tus heridas, de lo contrario estarás nadando en contra de la corriente.

Ya que eres tú quien se está haciendo daño, mientras el ofensor no se percata de tus sentimientos y emociones, tu falta de perdón hacia él te mantiene preso, esclavo y atado a recuerdos que no valen la pena que los albergues dentro de ti, y mientras tanto la otra persona vive con tranquilidad.

¡Perdona, sé LIBRE!

Tú eliges si quieres permanecer preso en esa jaula o volar hacia la libertad.

¡Ya deja de existir y comienza a vivir sin rencores!

Dentro de este tema del perdón hay mucha tela que cortar. Además, existen algunos tipos de perdón que inconscientemente hemos practicado más de alguna vez en la vida, y en un momento los veremos.

Pero con toda esta situación que estamos tratando surge otra pregunta más. ¿Si fueron ellos los que me ofendieron y no fui yo? Dirá usted, ellos me tienen que pedir disculpas a mí.

¡No necesariamente!

Ya que la Biblia, nuestro manual y mapa de la vida, nos dice lo siguiente: *si es posible, en cuanto de vosotros dependa, estad en paz con todos los hombres. (Romanos 12:18)*

Creo que con esta palabra no hay para donde

correr y mucho menos tener excusa para no disculpar a los demás.

Ya que hemos resuelto esta pregunta caminemos hacia otra; quiero que note que hay un orden lógico de hacer las cosas, y en muchas ocasiones nosotros queremos obviar algunos pasos y saltarnos el protocolo.

Entiendo que una de las preguntas más frecuentes cuando hablamos de este tema es:

¿Y cómo le pido perdón a tanta gente que he ofendido?

Muy buena pregunta, pero con la ayuda de Dios usted verá que es Dios quien prepara el momento justo e indicado, día y hora para que se pueda llevar a cabo el encuentro con cada persona.

Es decir, en el tiempo de Dios. Y no crea que el disculparse por sus faltas lo hará bajar de categoría o de rango. No, de ninguna manera. Al contrario, hablará en bien de usted, porque lo pondrá como una persona que reconoce sus errores y desea enmendarlos.

No sé si ha oído este dicho popular que tiene la gente.

"Yo no he hecho nada, que me pida disculpas él."

La verdad es que el que va estar sufriendo será usted, si piensa de esta manera; independientemente de quien haya tenido la culpa. Porque si nos basamos en el cristianismo, la Biblia dice todo lo contrario, como vimos hace un momento en el libro de romanos, así que no hay excusa para no hacerlo, que se vea en nosotros un cambio si es que nos hacemos llamar cristianos. Pero si usted es un "Primo" y no un hermano en Cristo, entonces no se preocupe y quédese con la amargura, el odio y resentimiento en su corazón.

También quiero agregar un punto muy importante a esta temática y es que como adultos y padres de familia que somos muchos de nosotros necesitamos inculcar valores y principios cristianos en cada uno de nuestros hijos, y que más bonito que nuestros hijos aprendan de nosotros, como nos dice la Biblia en el modelo de la oración del padre nuestro "que perdonemos a las personas que nos han ofendido"

Por otra parte hay unos aspectos muy esenciales y

fundamentales que quisiera tratar en esta ocasión y es el hecho que perdonar a los demás tiene que ser un acto voluntario y ¡No! obligatorio, y mucho menos por un compromiso social o cargo ministerial. O porque soy "X" hermano en la iglesia, y es por dicha razón que me veo en la obligación de tener que hacerlo.

No, nada que ver con eso. El perdón tiene que ser un acto voluntario y con su origen en el corazón e impulsado por el Espíritu santo, para que tenga el resultado esperado tanto en nosotros como en la persona a la cual se otorga.

El caso contrario sería un grave error, porque si en realidad nos hacemos llamar cristianos nuestras palabras tienen que concordar con nuestras acciones, es ahí donde se cumple la palabra dicha por Jesús, que por nuestros frutos seremos conocidos. *Porque cada árbol se conoce por su fruto; pues no se cosechan higos de los espinos, ni de las zarzas se vendimian uvas. (Lucas 6:44)*

No quiero tampoco que piense que tengo que perdonar a alguien para ser salvo, la salvación no tiene nada que ver con eso, el acto mismo de perdonar tiene que ser una acción netamente desde lo más profundo del corazón y sin fingimiento, es decir, genuino.

Perdonar es un mandamiento de obediencia y no un acto de salvación.

Es por eso que Jesús hizo tanto énfasis en esta situación que llegó al punto que sus discípulos le preguntaron cuántas veces tenían que perdonar a los que nos ofendían, y si recuerdan, Él dijo, no hasta siete veces, sino setenta veces siete.

En otras palabras, Él les estaba diciendo que no se cansaran de perdonar a las personas. No crea que les estaba hablando de fórmulas matemáticas o de expresiones algebraicas, nada de eso.

Es entonces en ese contexto que podemos decir que el perdón es un mandamiento. ¡No una sugerencia de parte de Dios! Si Dios lo manda, hay que hacerlo.

Los mandamientos que Dios nos ha dejado a través de su palabra "La Biblia," no son para cuestionarlos o mucho menos manipular los textos a nuestro antojo o conveniencia.

A Dios no se le cuestiona, se le obedece.

Esa es la gran diferencia del verdadero cristiano, que obedece la soberana y absoluta voluntad de nuestro Dios. Kyrios (Amo, Dueño, Señor)

¿Entonces cómo saber si estoy haciendo lo correcto?

¡Fácil y sencillo! Obedezca a Dios.

Y es pues que el perdón en la vida del ser humano tiene una gran connotación, ya que como lo dijimos antes, el perdón da paz a nuestro interior, y si usted es una persona casada se identificará aún más con este ejemplo.

Cuando hemos discutido con nuestro cónyuge, y salimos así al trabajo o a la calle, no me va a dejar mentir que todo ese día o el rato que andamos en la calle no estamos bien anímicamente y andamos con ese problema dando vueltas rebotando de un lado a otro en la cabeza.

A lo que quiero llegar con esto, es que hasta que llegamos a la casa y arreglamos el asunto o pedimos perdón por la falta que hayamos cometido, justo en ese momento es cuando logramos o experimentamos paz en nuestro interior. Y de ahí en adelante usted se olvida del asunto.

Una vez me dijo alguien

Es mejor tener paz que tener la razón.

Y la verdad es que esto me ha funcionado de maravilla.

Hasta ahora hemos podido valorar los principales tipos de perdón que hay. En primer lugar, dijimos que hay que ser *perdonados por Dios*, luego el *perdonarnos a nosotros mismos*, y por último otorgar el *perdón a los demás*.

Ahora quiero que veamos la contra cara de la moneda, es decir, lo que a Dios no le agrada saber acerca del perdón.

En primer lugar:

Vamos a decir que algo que a Dios no le agrada y es que nosotros demos un perdón condicionado. Este perdón se centra o se basa en nuestro egoísmo, en el "Yo", que pone las reglas del juego; se tiene que hacer de la forma en que yo digo, de no ser así no queremos perdonar.

Ejemplo de ello es que te perdono pero si haces esto o lo otro, es algo así como que tienes que hacer una obra o mérito para que te puedas ganar mi perdón.

¡Eso no es perdonar! Eso es velar por nuestros propios beneficios y lucrarnos de la debilidad o del dolor ajeno, y estaríamos haciendo abuso de autoridad, usando nuestra posición de superioridad para favorecernos a nosotros mismos y por ende poniendo en desventaja a la otra persona.

En segundo lugar:

El perdón por mi cargo o posición.

Dicho de otra manera; hacerlo de forma obligatoria. Este tipo de perdón es muy común en el ámbito religioso ya que se basa en falsos principios cristianos, perdonamos por obligación o por el cargo que ostentamos dentro de la organización o iglesia a la cual pertenecemos.

Un ejemplo más claro es cuando por ser el pastor, diácono, líder o servidor de la iglesia, etc., nos vemos obligados a perdonar.

Las cosas no se hacen porque se pueden hacer, sino porque se quieren hacer.

Son dos cosas totalmente diferentes. Ni mucho menos postergando el perdón diciéndole a la otra persona que se vaya y que regrese mañana, que pensará si la perdona o no. Eso no es de cristianos o de personas educadas, más bien está revelando que solo le interesa su bienestar, y su falta de empatía para con su prójimo.

Entonces la diferencia está o radica en perdonar no por obligación o compromiso, sino en hacer las cosas de buena voluntad y como Dios manda que se resuelva este tipo de situación.

En tercer lugar.

El perdón Parcial, este se centra en perdonar solo de forma parcial la ofensa y no en su totalidad. Es algo así como decir que te perdono pero no del todo, ya que son muchas las que me has hecho y esta última está muy difícil como para que yo te la perdone por completo, así que ni esperes que me olvide de lo que me hiciste, no es así de fácil la cosa.

Este sería el pensamiento de cualquier persona natural que no tiene a Cristo en el corazón y mucho menos le teme. Pero si hablamos de cristianos convertidos, ni tendría que cruzarse por nuestra mente el mencionar que vamos a perdonar parcial o condicionalmente.

Ahora bien, veamos cuál es el verdadero perdón a la luz de la Biblia y que dice Dios cuando no perdonamos a los que nos ofenden.

Entonces podemos decir que si tememos a Dios en el corazón y le tenemos temor (Respeto) seremos imitadores de Él. En todas las áreas de nuestra vida día a día.

También quiero aclarar que estos aspectos que hemos tocado acerca del perdón no son todos los que existen o mucho menos ese es el nombre que se les da a ellos, de ninguna manera: este título se lo he puesto para que podamos tener una mayor interpretación de los mismos y así poder ejemplificarlos de un modo más compresible al lector.

Usted puede ponerle el nombre que desee al perdón y no hay problema alguno, el punto aquí es llegar a la cúspide y superar la falta que se ha cometido con el prójimo.

Espero que hasta este momento no se le haya olvidado la pregunta que le hice al inicio del capítulo, si ya se le olvidó, la recuerdo.

¿Qué es más difícil: perdonar o pedir perdón?

Mientras tanto, siga pensando que posteriormente le daré una repuesta en cuanto a esta pregunta esencial.

Ya que estamos bien empapados del tema del perdón y que a la vez hemos visto algunos tipos de perdón, quiero decirle que probablemente para usted el perdonar puede llevar un poco de tiempo, es decir digerir o asimilar todo esto que le está pasando y no lo culpo, es parte de un proceso a seguir, por el cual todos pasamos o pasaremos alguna vez en la vida; lo interesante de este asunto es que usted tenga el deseo sincero de querer resarcir el daño y querer cambiar, ya que de lo contrario no se sentirá bien y, como lo vimos en unas páginas atrás, usted estará propenso a desarrollar varias enfermedades físicas que traerán graves repercusiones a su salud.

No hay nada más rico en la vida que sentirse en paz con las personas que lo rodean y hacer las cosas porque nos nacen del corazón. Muchas veces la vida es tan sencilla y somos nosotros los que decidimos complicarla con nuestras malas actitudes.

La vida no tiene fórmulas mágicas ni un segundo toque del Espíritu. ¡No! Nada de eso. Simplemente es que si amamos a Dios, hay que guardar sus mandamientos.

De aquí en adelante pidámosle a Dios que sea Él

quien nos oriente a ser mejores esposos, esposas, hijos, amigos, compañeros, cristianos y por ende mejores imitadores de Cristo.

Las palabras convencen, pero el ejemplo arrastra.

Y si la gente no cree en lo que usted está haciendo no se preocupe, usted siga así que Dios se encargará de lo demás. ***En la vida habrán muchas personas que no van a creer en usted, solo asegúrese de no ser usted mismo.***

A nosotros nos corresponde hacer la parte posible y a Dios la imposible. Y de aquí en adelante tratemos de ser más corteses con todas las personas que se nos acerquen, salude a todas las personas que pueda, sea amable y educado.

Alguien me dijo esto y me encantó:

Es mejor ser un loco contento, que ser serio y amargado.

Intercambie miradas de una forma amigable y agradable, sonríale a la gente, que se cumpla la palabra de Dios en su vida cuando dice que Él ha cambiado nuestro lamento en baile, reflejemos que Dios vive y habita en nuestro corazón.

Habiendo dicho esto vamos a dar respuesta a la pregunta que tenemos pendiente.

Quiero empezar alegando que el cuestionamiento mencionado tiene su grado de complejidad o dificultad en sí mismo. No vamos a desestimar una opción y menospreciar la otra, más bien dependerá de su personalidad su reacción ante ello.

Lo que quiero decir es que no todas las personas somos iguales y mucho menos pensamos de la misma manera.

Y en muchas ocasiones dependerá obviamente de nuestro carácter y también de nuestro temperamento.

Y si tomamos en cuenta que los temperamentos varían de una persona a otra tendremos una diferencia bien marcada; tal es el caso de dos personas: una con temperamento "colérico" y la otra "melancólica": la reacción es diferente aunque la ofensa haya sido la misma para ambas.

Pero de una cosa si estoy seguro, aunque somos personas con identidades totalmente diferentes, hay un factor en común que nos une: "Dios vive en nuestros corazones". En virtud de eso podemos decir que los cristianos tenemos que tener un mismo pensar y un mismo sentir, y nuestra perspectiva de ver las cosas cambia radicalmente con relación a las personas que no conocen a Dios.

Habiendo sentado un precedente, volvamos a la primera opción de nuestra pregunta.

¿El perdonar?

Es un acto verdaderamente de valientes, ya que solo la persona que es capaz de perdonar las ofensas puede ser capaz de amar sin guardar rencor o resentimiento alguno en su corazón.

Ahora bien, hay que ver el grado de complejidad que encierra esta palabra. Como decíamos hace un momento, porque aquí lo estamos poniendo muy sencillo, como si eso fuera así de fácil, y decir: "¿sabes qué?, te perdono y así quede". ¿Por qué digo esto? Quizá usted está pensando que solo hemos estado hablando de perdón basado en faltas de tipo verbales. ¡No, mi hermano y amigo! Hay mucho más faltas que eso. Para que tenga una mejor idea veamos algunos ejemplos de faltas.

– Verbales

– Emocional o psicológicas

– Económicas o patrimoniales

– Físicas

– Sexuales

Ahora se da cuenta que estamos hablando de algo un tanto más complejo de lo que creemos. Cada ofensa o falta que le hayan hecho traerá su grado de complejidad o dificultad.

Hay mucha gente que hoy en día se le hace demasiado difícil el poder perdonar ya que en muchas ocasiones su "Ego y Orgullo" juegan un papel importante en sus vidas interponiéndose entre estas y el perdón; valdría la pena hacer un inventario moral y valorar el "Pro" y los "Contra" que trae el perdonar.

Una cosa si le sé decir con plena convicción: que si perdona usted será, ¡verdaderamente libre!

Tal vez le hicieron daño con un maltrato psicológico en su niñez, le habrán robado de una manera descarada una herencia, una desilusión o engaño amoroso, en fin, son muchas las situaciones por las que pudo haber pasado a lo largo de su vida; pero eso no lo hace más o menos que nadie. Más bien le da la pauta para que pueda ser diferente a los demás y poder salir adelante a pesar de las circunstancias.

Entonces convengamos en esto, que nuestro orgullo y ego no nos llevará a ningún lado, más bien nos hará ir menguando cada día que pasa y hará que nos sumerjamos en un pantano lleno de rencor, resentimiento y amargura en nuestra alma y corazón.

Cuesta perdonar ¡Claro que sí, cuesta! Pero con la ayuda de Dios usted y yo saldremos adelante.

¿Pedir perdón?

En mi opinión muy personal, y creo que estarán de acuerdo muchas personas, a los que tenemos un carácter fuerte, nos es difícil perdonar a alguien. Ojo, dije, se nos hace difícil, ¡pero no es imposible!

Aclaro el porqué de mi opinión: el hecho de pedir perdón involucra, emociones, sentimientos y voluntad. Y si quiere, vamos más allá: ¡involucra un acto de humillación ante los demás! Y ese es el punto central aquí; ya que el hecho de reconocer nuestros errores, en muchas ocasiones se nos hace cuesta arriba, y lo que menos queremos es bajarnos de esa nube en la que vivimos constantemente, en la cual nos gusta creernos que valemos más que otros, y le aseguro que cuando somos de este tipo de personas, orgullosas y egocéntricas: *nos hace falta mucho por sufrir y varias heridas en el alma.*

La soberbia y el orgullo no nos dejan prosperar y mucho menos ir y humillarnos para pedir perdón por nuestras faltas ante las personas que hemos ofendido.

Usted tendrá muchas habilidades, dones y talentos o en el caso de las mujeres tendrá una linda cara, pero en muchas ocasiones la gente no se le acercará por causa de su carácter. Y para muestra basta un botón: piense en alguien en este momento y verá que no le miento, es por eso que podemos decir que *la soberbia y el orgullo matan cualquier talento y belleza que poseamos.*

No quiero que se ponga enojado con mis palabras y tampoco que se frustre producto de ellas, lejos esté yo de dañar sus sentimientos y emociones.

Lo que trato de decir es que Dios sabe qué tipo de persona somos y va a tratar de una manera clara y directa con cada uno de nosotros, tal y como lo vimos en el capítulo anterior "Hablándote al oído" y si es necesario hacernos pasar por situaciones humillantes o difíciles por nuestro carácter ¡créame que Él lo hará pasar por ellas!

Pero no lo hará porque Dios se goza de vernos sufrir, ¡No! Él lo hará para que cada día se forme en usted un mejor carácter y un temperamento firme y claro, que tenga firmes y claras sus convicciones.

Si Dios no fuera así con nosotros creo que no sería

un buen padre, ya que el rol de padre lleva implícito la disciplina para con sus hijos.

Es entonces que tenemos que ser "dóciles" al llamado que Dios nos hace ya sea de perdonar o pedir perdón, usted sabrá cual le cuesta más y también tiene la opción de clamar a Dios por una buena dirección para salir de la situación en la que se encuentra.

Tomando como referencia los puntos anteriores quiero decirte que si por "a" o "b" razón tú no te sientes alegre y no hay paz en tu corazón, y mucho menos tienes una razón por la cual vivir o estar aquí en este mundo, creo que es el día correcto para que te apropies del primer perdón que hablábamos que es:

"SER PERDONADO POR DIOS"

Ya que nadie puede dar lo que no tiene, y creo que es necesario empezar por obtener el perdón de nuestros pecados a través de la sangre derramada en el madero por nuestro señor Jesús. Yo te invito a que repitas con voz audible esta oración que cambiará tu vida por completo y le dará otro sentido a la misma.

La oración no es mágica, no tiene nada oculto, simplemente es la combinación de un corazón contrito y humillado más la fe en el unigénito hijo de Dios, y eso hará la diferencia en tu vida.

¡Repite con voz audible!

Señor Jesús, en este momento reconozco que soy pecador y que te he fallado, pero creo que tú moriste por mí y que tu sangre preciosa me limpia de todos mis pecados; es por eso que hoy te recibo en mi corazón como mi único y suficiente salvador personal y confío que tú me darás la salvación y perdón para mi alma. Ayúdame Señor a hacer tu voluntad cada día. Te pido que escribas mi nombre en el libro de la vida, para que cuando yo muera pueda estar contigo en tu presencia.

Te doy gracias en el nombre del Padre, del Hijo y del espíritu santo.

¡Amén!

Si tú hiciste esta oración ¡Felicidades!

Ya no eres criatura de Dios. Hoy, en este día te convertiste en un hijo de Dios y siempre recuerda que Jesús no es una religión, Jesús es Salvación y vida eterna.

No quería finalizar este libro sin antes asegurarme que todo lo que aquí has leído te servirá para tu crecimiento personal y espiritual.

Ya para ir dando por terminada esta obra, quiero

que me acompañes para poderte hacer unas recomendaciones en los cuales sería bueno que reflexionáramos juntos, son consejos sencillos y prácticos en cuanto a carácter y perdón.

El mal carácter siempre será mal visto por todas las personas que están a nuestro alrededor y traerá repercusiones de forma negativa a cada vida de las personas que lo posee.

Lo que tenemos que hacer es tener carácter pero de forma positiva.

¿Es malo tener carácter? ¡No, no es malo tener carácter!

¿Habrá carácter positivo? ¡Claro que lo hay!

Lo malo es tenerlo de una manera equivocada o mal enfocado en otras cosas.

Ya que el carácter en sí es de origen neutral, depende de nosotros hacia donde lo enfoquemos o el fin que le demos.

El carácter utilizado de forma positiva es aquel que nos hace diferentes a los demás, en otras palabras, es su carta de presentación ante el resto de las personas. También funciona en sentido de hacernos individuos firmes en nuestra forma de pensar y toma de decisiones, acciones del diario vivir, en terminar lo que comenzamos, sostener nuestra palabra ante cualquier situación que se presente, y no ser personas de doble ánimo. El carácter nos permite liderar a un grupo de personas, o decir que no ante algo que no nos gusta, etc.

Refiriéndonos a las relaciones interpersonales, qué difícil es hablar o tratar con personas que no tienen carácter para hacer las cosas, personas que hoy quieren conquistar el mundo y más tarde se sienten desilusionadas por algo efímero. Personas que son especialistas en tener un problema para cada solución.

Nuestro hablar sea: *sí, sí; no, no; porque lo que es más de esto, de mal procede. (Mateo 5:37)*

Las acciones son el indicador real del carácter. Tu carácter determina quién eres. Lo que eres determina lo que ves. Y lo que ves determina lo que haces. Es por eso que nunca se puede separar el carácter de las acciones.

Entonces podemos decir que una persona sin carácter es una persona que puede ser sugestionada fácilmente por cualquier otra, y usada para un medio que no sea la voluntad de Dios.

Luis Enrique Guzmán

REFLEXIONES SOBRE EL CARÁCTER

- *El carácter produce éxito duradero con las personas si se utiliza de una manera positiva.*

- *Hay que tener carácter para servir a Dios y ser diligentes a las labores que se nos encomiendan dentro de una iglesia u organización a la cual pertenecemos.*

- *Carácter dentro de la familia para cumplir con nuestro rol de padre y cónyuge.*

- *Es necesario el carácter para decir que no, también para decir que sí, y sostener nuestra palabra, ya que esta nos caracteriza y nos da credibilidad ante los demás.*

- *Carácter para cortar relaciones tóxicas o dañinas para nuestra salud emocional y física.*

- *Carácter hasta para comer, cuando alguien quiere que comamos algo que a nosotros no nos gusta, es importante tener un carácter firme acompañado de una buena educación, para poder responder que no queremos comer lo que nos están ofreciendo.*

- *En fin, podríamos enumerar tantas formas de ejercer nuestro carácter de forma positiva.*

REFLEXIONES SOBRE EL PERDÓN

- *Tenemos que ser perdonados por Dios antes de querer otorgar el perdón a otros, no se pude dar lo que no se tiene"*

- *La vida está llena de sinsabores, pero un corazón alegre hermosea el rostro.*

- *Que tu pasado no arruine tu futuro: el pasado solo es un punto de referencia, no de residencia.*

- *El perdón tiene que ser un acto genuino y sin fingimiento, no podemos decir que amamos a Dios sin antes amar y perdonar a nuestro prójimo.*

- *Cada día es una nueva oportunidad que Dios nos da para enmendar nuestros errores.*

- *A mayor relación con Dios menor dificultad para perdonar o pedir perdón.*

De igual forma quiero agregar algunos conceptos básicos que tengo de Dios, los cuales me han servido de mucho en mi diario vivir.

Comparto estos conceptos básicos para que de alguna forma comprendamos mejor lo que Dios es para la vida de cada persona ya que en muchas ocasiones vemos a Dios como un ser cósmico y difícil de comprender.

- **Creativo.**

Un Dios que creó todo lo que existe de donde no existía y es capaz de crear grandes esculturas de las cenizas.

- **Práctico.**

Tiene un lenguaje claro a la hora de comunicarse con nosotros, ya que Él no es religión sino salvación.

- **Sencillo.**

Que su mensaje puede ser comprensible por cualquier persona que lo escuche sin importar que este sea un adulto o un niño.

La Biblia, que es el manual de vida del cristiano, está llena de principios básicos y fundamentales que pueden ser comprendidos de forma clara y sencilla para el lector y así poder alcanzar un mejor estilo de vida en todos los sentidos.

Pero lo más importante que podemos encontrar ahí es la muestra de *AMOR* y *PERDON* ofrecido en la *CRUZ* por *JESUS.*

Perdona y se libre....

Vuelve a la *CRUZ* donde todo comenzó, no huyas de Él.

¡No se puede vivir sin Cristo!

"Así que, si el hijo os libertare, seréis verdaderamente libres".

ACERCA DEL AUTOR

Luis Enrique Guzmán nace en El Salvador, América Central. Realiza sus estudios de educación media, y posteriormente ingresa a la universidad *"Nacional de El Salvador"* en la carrera de *"Psicología".* A pesar de las adversidades y los muchos obstáculos que se le han presentado en su vida nunca se da por vencido. Él, con una mente positiva y la fe puesta en Dios, alcanza uno de sus objetivos: publicar su primer libro. Su deseo por escribir nace cuando se hace una promesa a sí mismo: sacar ventaja de sus errores y demás experiencias para poder ayudar a otros.

"Tener un buen Carácter es gratis y Paga Doble"

 El_kik3r

 El Kike

 @kik3rs

Luis Enrique Guzmán

El Carácter y Yo

Luis Enrique Guzmán

Made in the USA
Lexington, KY
25 November 2019

57631815R00090